Dagmar Fedderke, Notre Dame von hinten

Dagmar Fedderke

Notre Dame von hinten

Liebesgeschichten aus Paris

Mit Fotografien von Alexandre Dupouy

konkursbuch Verlag

CIP-Kurztitelaufnahme der Deutschen Bibliothek:
Fedderke, Dagmar:
Notre Dame von hinten:
Liebesgeschichten aus Paris/ Dagmar Fedderke.
Mit Fotogr. von Alexandre Dupouy. – Tübingen:
Konkursbuchverl. Gehrke, 1995
ISBN 3-88769-086-9

Impressum:
© konkursbuch Verlag Claudia Gehrke, 1995
PF 1621–72006 Tübingen – Tel.07071/66551 – Fax 63539
Alle Rechte vorbehalten
Gesamtherstellung: Typodruck-Roßdorf-GmbH
Titelgestaltung: Andreas Maier,
unter Verwendung eines Fotos von Alexandre Dupouy.
Vorsatz: Foto von Berndt Milde

Vorwort

Von vorne fällt es einem nicht auf, aber wenn man im Café St.Régis auf der Île St. Louis sitzt und Notre Dame von hinten sieht, begreift man plötzlich, daß Notre Dame eine Frau ist.

Die gotischen Strebebögen, die Wasserableiter vom Dach machen das im Verhältnis zu den Fassadentürmen mächtige Kirchenschiff zu einem reichen Faltenrock, der an das aufgebauschte Hinterteil *Cul de Paris* der Frauenkleider um 1900 erinnert. Drumherum auf den Bänken im Park sitzen die wirklich Gläubigen... Das Hinterteil von Notre Dame erklärt, warum Paris eine Stadt, nein, nicht eine, sondern die Stadt für Frauen ist, die den Glauben ans Vergnügen nicht aufgegeben haben und die Bedeutung ihres Hinterteils ermessen können.

Die folgende Sammlung von Geschichten hat nicht immer direkten Bezug zum weiblichen Hinterteil, aber doch zu den geheimnisvollen Hintereingängen, den Bühneneingängen für die Mitspieler des Pariser Liebeslebens, das manchmal andersherum abläuft, so daß es wohl zu einer Vorstellung, aber nicht zur Aufführung kommt.

Inhalt

Der Schuhhändler aus Nîmes

An einem der heißesten Sommertage im Juli 1990 saß ich zu Hause, in meiner Mansarde, am Place du Marché St. Honoré und überlegte, ob ich wirklich den zweiten Wäschestapel aus dem Marais abholen sollte. Obwohl ich schon längst nicht mehr in dem Viertel wohne, bringe ich meine Wäsche immer noch zu *Raffael*, auch wenn die Übereinstimmung der abgegebenen und zurückerhaltenen Sachen die Trefferquote von 80 % nicht übersteigt. Raffael ist Jude. Am großen chemischen Reinigungsapparat hängt ein Zettel mit der Aufschrift *Shalom*. Auf dem Bord hinter dem Thresen thront eine grünliche Militärschirmmütze. Bei meinem ersten Besuch fragte er nach meiner Nationalität. Ich bin Deutsche, da kann man nichts machen. Damals war ich noch Hamburger Stipendiatin an der Cité des Arts. Die Künstler-Kollegen aus Berlin und München erzählten mir irgendwann, daß Raffael ihre Wäsche nicht angenommen hat. Wieso er mir diese Ehre erwies, weiß ich nicht, aber vielleicht halte ich ihm deswegen die Treue.

Wegen der Hitze zögerte ich und legte mir die Karten, ob ich wirklich losziehen und etwas Nützliches tun oder besser zu Hause bleiben und meine Lieblingsserie *Madame est servie* im Fernsehen anschauen sollte. Die Karten bekräftigten mit der Endkarte Kreuz-As: Losgehen!

Im Marais angekommen entschied ich mich, zunächst einen Bummel über die Île St. Louis zu machen, bevor der Korb mit Wäsche voll und schwer war. Auf der Straße, die in meinem persönlichen Stadtplan *Middle Italy* heißt, weil sie meinen Freund C. an Italien erinnert, vielleicht, weil dort alle Leute das berühmte Bertillon-Eis lecken, kam mir ein Mann entgegen.

Was nichts besonderes ist, bei ungefähr 1 1/2 Menschen pro qm. Da ich mir aber alle Männer, die mir entgegen kommen, sehr genau ansehe, fiel mir dieser wegen seiner kompletten Durchschnittlichkeit im angenehmen Sinne auf: Alter so um 50, sympathisch geschnittene mittelbraune Haare, weißes Leinenhemd, dunkel-blau-graue Feintuchhose, Nase mitten im Gesicht, ohne Bart, weder groß noch klein, nicht dick und nicht dünn. Vielleicht fiel mir am ehesten noch die elegante Hose auf, und ich fragte mich, ob das wohl einer von den glücklichen, superreichen Île-Bewohnern sei, denn er trug weder einen Stadtplan noch sonstiges Gepäck bei sich.

Und ich sah natürlich, daß er mich sah, mich ansah. Aber mehr oder weniger alle, die mich sehen, sehen mich auch an, im Vorbeigehen, das ist alles nichts besonderes.

Ich hatte mir die FAZ gekauft, um mich über Kuweit zu informieren und steuerte das Café St.Régis an, von dem aus man den schönen Blick auf Notre Dame von hinten hat. Es war aber vollbesetzt, und ich dachte schon, nee, Wäscheholen und ab nach Hause, da zog es mich in das zweite, eigentlich ungastlichere Lokal an einen Tisch auf dem Gehweg, neben eine bärtige alte Frau mit Nichte, die immerzu etwas zu Boden warf. Ich bestellte ein Perrier-Wasser und begann zu lesen (allerdings nichts über Kuweit sondern einen Bericht über die Schauspielerin Stéphane Audran).........

Und dann...

kam der Mann, und setzte sich neben mich und bestellte etwas zum Essen...

und dann...

sprach er mich an: Ich hätte so wunderschöne Strümpfe an, ob es denn wirklich Strümpfe seien oder Strumpfhosen...das sei aber auch einerlei, bei meinen schönen Beinen. Na gut, das hört frau immer gern, da werden die Ohren ganz groß aufgemacht, sowas nimmt man gern mit nach Hause. Überhaupt wäre ich schön anzusehen, fuhr er fort, und sprach weiter über Beine im allgemeinen und dann im besonderen über Schenkel, *cuisses*. Frauen wären ihm das Schönste im Leben, aber magere Schenkel, da müßte er weinen. Und verschmitzt fügte er hinzu, meine würden ihn nicht zum Weinen bringen...(und ich mußte an Freund G.s Bemerkung denken, „deine Oberschenkel erinnern mich an Ofenrohre"...)

Es folgten Artigkeiten darüber, was man im Leben tut, er stellte sich als Schuhhändler aus Nîmes und ich mich als deutsche Malerin vor. Er machte mir die elegantesten Komplimente der Welt über meine Erscheinung: die schönen Beine in den schwarzen Strümpfen, der kurze Pepitarock, die kleinen schwarzen Netzhandschuh... also, mein Anblick wäre ihm unter die Haut gefahren, ich sei eine schöne Frau, und eine Frau wie mich müsse er nackt sehen, automatisch, in der Vorstellung.

Und diese Vorstellung wollte er jetzt in Realität verwandeln. Es blieben ihm noch 2 Std. Zeit bis zur Abfahrt des Zuges nach Nîmes, er wolle jetzt zu mir nach Hause und zwischen meinen Bildern solle ich mich ausziehen. Jugendliche Frauen wären nie sein Fall gewesen, so wie ich, zwischen 30 und 40, da wären sie ideal. Er würde die Frauen lieben, das wäre nun mal so, und es wäre ihm auch ganz egal, ob sie, bzw. *ich* reich oder arm wären oder das *Trottoir* machen (was soviel heißt, wie auf den Strich gehen). Also, ihm war alles egal, er wollte mich nackt sehen und es mit mir treiben. Wenn meine Wohnung zu weit weg wäre, könnte man auch in ein kleines Hotel um die Ecke gehen, er wäre sehr gut im Lieben. Und wenn mich seine Rede irritiert hätte, würde er kein Wort mehr sagen.

In mir spielte sich natürlich auch etwas ab, ich fand ihn ja nicht unattraktiv, in der Vorstellung stieß ich bereits die Tür zu einem minablen Hotelzimmer auf, in dem ich mich verdorbener Weise lieben lassen würde, von diesem Unbekannten, dem mittelmäßigen Schuhhändler aus Nîmes, den ich im Leben nicht wiedersehen würde. Ein faszinierendes Szenarium. Zu schön, um wahr zu sein? Er neigte sich zu mir herüber, vor meinem Gesicht machte er ein Küßchen in die Luft, ich gab ihm eine falsche Telefonnummer und brachte mich in Sicherheit...

Über die Brücke Pont Louis Philippe trat ich die Flucht an zur Reinigung, zu meinem gnädigen Richter Raffael. Und schwer beladen mit der frischen Wäsche mischte ich mich in die U-Bahn, hastete zurück in mein Nest unter dem Dach im Hinterhof.

Ach ja, als ich ihm die Nummer gab, sagte er noch: „Ach wissen Sie, was ich machen werde, ich werde es mir selbst besorgen und dabei an Sie denken!"

Die Phantasie der Menschen anregen, das ist der Erfolg des Künstlers. Oder???

Trotzdem lag ich noch die ganze Nacht wach. Fremde Phantasien anregen, gut und schön, was hält mich davor zurück, meine eigenen Sehnsüchte auszuleben, da sie doch mein Leben bestimmen? Habe ich wieder mal eine Chance verpaßt, sie wahr zu machen? Schließlich gegen halb sechs Uhr morgens, als endlich ein erholsamer Luftzug durch die Dachluke zu spüren, und die Temperatur von 42 auf 38 Grad Celsius abgekühlt war, fand ich des Rätsels Lösung: Das war nicht der Schuhhändler sondern der Frauenmörder von Nîmes, und mein Instinkt hatte mir das Leben gerettet....

Der Bahnsteigverehrer

Wie an jedem Sonntag war ich auf die Île St. Louis spaziert, um dort einen Liter Milch zu erstehen, weil in meinem Viertel, Paris 1er, nur die teuren Traiteur-Läden sonntags geöffnet sind, und die haben zwar jede Art von Lachs, Foie gras und Champagner im Angebot, aber keine Milch. Hin gehe ich immer zu Fuß, zurück fahre ich mit der Métro.

Auf dem Bahnsteig der Station Pont Marie war um diese Zeit nicht viel los. Es gab vielleicht gerade mal einen harmlos schlafenden Clochard und auf der gegenüberliegenden Seite einen orthodoxen Juden mit Backenbart-Locken und einem Käppi auf dem Kopf.

Den Jugendlichen, der auf meiner Seite in irgendeinem Sitz saß, würde ich nicht erwähnen, wenn er nicht der Anlaß zu dieser Geschichte wäre.

Tagsüber fahre ich nur noch erster Klasse. Auf den Bahnsteigen gibt es Markierungen, wo der einzige Métro-Waggon der Ersten Klasse halten wird. Das ist immer in der Mitte. Dort stellte ich mich hin, wartete, und zündete mir eine Zigarette an.

Der Jugendliche saß etwa 3 Meter entfernt auf der Bank, ich hatte ihn schon registriert, aber er kam mir nicht gefährlich vor. In der Métro geschehen manchmal gefährliche Sachen, und ich habe eine trainierte Aufmerksamkeit dafür.

Und dann fing er an, sich mir zuzuwenden. Er redete los, an meine Adresse, machte mir Komplimente über meine Kleidung, meine Statur, ich hörte jedes Wort und hatte eigentlich gar keinen Grund, mich beleidigt zu fühlen. Ich fühlte mich auch nicht beleidigt, hatte nur einfach keine Lust, mich auf irgendeine Kommunikation einzulassen. Manchmal ist man so in Gedanken, daß man nicht bereit ist, schon wieder eine neue äußere Konstellation siegreich zu meistern. Man zieht einfach das Rollo herunter zwischen sich und der Realität und verschwindet im Gehäuse des Kleinhirns, mitten auf dem Bahnsteig.

Obwohl ich also gar nicht ansprechbar war, oder vielleicht deswegen, hörte dieser Mensch nicht auf, seine Worte an mich zu wenden. Meine eiserne Verweigerung des Blick-Kontakts entsetzte ihn dermaßen, daß es ihn aus seinem Sitz riß ,um sich direkt neben mir aufzubauen. Da ich mir schlecht die Ohren zuhalten konnte, mußte ich alles anhören, über mich ergehen lassen..

Nach den großen Komplimenten kamen die Beschimpfungen: Was mir eigentlich einfiele, ihn dermaßen zu ignorieren, ob ich denn nicht ein Mindestmaß an Höflichkeit, an guter Erziehung besäße. Schließlich wären wir doch Kulturwesen, und ich wäre ihm nach all den Komplimenten eine Antwort schuldig, das wäre doch wohl das Mindeste.

Ob ich denn gar nichts verstehen würde, er hätte mir doch gerade gesagt, wie attraktiv er mich fände, und da könnte ich nun wirklich Gift drauf nehmen, daß er das nicht zu jeder sagt. Und ich sollte nur nicht glauben, daß er irgendjemand sei, nein, er hätte seine Verdienste (j'ai mes titres).. und meine Unhöflichkeit sei wirklich das letzte.

So ging seine Rede fort und fort, druckreif, und ich mußte das anerkennen. Deshalb schenkte ich ihm einen Blick, verneigte mich andeutungsweise und sagte „Entschuldigen Sie bitte (je m'excuse...)"

Natürlich hatte ich ihn damit ermuntert, weiterzumachen, obwohl mir das ganze Geschehen schon peinlich war. Ein zweiter Mann hatte sich dazugestellt, Zuschauer oder besser Zeuge der Szene, und beobachtete meine Reaktion auf das, was jetzt kam.

Also, mein ermunterter Verehrer vom Bahnsteig legte jetzt erst richtig los. Ich sei schön, und er wäre jung.

Die gleichalten Frauen, die würden ihn langweilen. Er würde ein ganzes Wochenende mit einem Mädchen hingeben für die Kostbarkeit, auch nur eine Viertelstunde lang den Genuß meiner Gesellschaft zu erleben.

Was soll man zu so wortreicher, wohlgesetzer, schmeichelhafter Rede sagen? Der Zuschauer war gespannt. Ich verhielt mich weiterhin nicht ohne Anerkennung, aber, wie gesagt, eisig. Er war mir einfach zu beredt.

Und er merkte das, holte weit aus: In meinem Alter müßte ich schon Aufwand treiben, um attraktiv zu sein, und er hätte mir bereits gesagt, daß ich das gut gelöst hätte. Im Gegensatz zu mir hätte er sein ganzes Leben vor sich und könnte nicht verstehen, warum ich ihn nicht als *Die Gelegenheit* mit nach Hause nehmen wollte...

Ich warf dem unbekannten Zeugen der Anklage einen hilfesuchenden Blick zu, der sah aber betreten weg.

Dann kam die Bahn.

Ich stieg in die erste Klasse, mein Verehrer in die zweite, zwischen den Waggons sind Glasscheiben, da stand er und ließ mich zunächst nicht aus den Augen.

Ich glaube, es war an der Station Châtelet, wo ich ihn aus den Augen verlor.

Die schönen Verfolger

Es war wirklich ein heißer Tag, einer von diesen...
Wieder einmal war ich mit dem geliebten A. an der Cinémathèque de Paris neben dem Trocadéro verabredet. Dort
wollten wir einen seiner Freunde treffen und zu dritt ins
Kino gehen.
Wie immer hatte er mir am Telefon ausdrücklich befohlen,
trotz der unerträglichen Hitze mein Korsett und Strümpfe
zu tragen. Ich wußte schon, warum:
A. würde ganz sicher eine Gelegenheit finden, meinen an
sich schon kurzen Rock vor den Augen des fremden
Freundes noch ein wenig höher zu schieben. Der Anblick
meiner Strapse sollte ihn schockieren und mich in Verle-
genheit bringen. Die Provokation ist A.s liebstes Spiel.
Ein erwachsener Mensch lebt in seiner eigenen Architektur. Er hat sich ein Ich-Heim aufgebaut, mit Räumen und
Etagen für die unterschiedlichen Bedürfnisse. Lange Flure
und Treppen führen von einem zum anderen. Wege, die
klarmachen, wie weit das eine vom anderen entfernt ist.
A. ist ein Meister im Inszenieren von erdbebenartigen
Erschütterungen solcher persönlichen Ordnungsgebäude.
Nichts ist ihm lieber, als Menschen aufzustöbern, die gerade in selbsterarbeiteter Ruhe genüßlich einen Kaffee an
der liebsten Stelle ihres Hauses trinken wollen... Er liebt
es, sie in Panik zu versetzen, aufs schwindelnde Dach zu
jagen oder in den feuchten Keller zu treiben. Zwischen
Todesangst und Überlebenswahn wird der erwachsene
Mensch seines Ichgebäudes entleibt. Muß das sein? Bringt
es uns weiter? Weiter- wohin?
Den Freund konnte A. nicht provozieren. Habe ich nun
mein Korsett umsonst an, oder was ist los, dachte ich.
Nach dem Kino zwängten wir uns durch die Hitze in ein
Café. Mein Rock rutschte auch ohne A.s Dazutun von

allein höher und höher. Aber da geschah etwas ganz anderes.

Ein Mann wanderte vor dem Café auf und ab.

Er sah meine Beine, kehrte ein, und setzte sich an den Nebentisch. Vielleicht gab der Minirock im Sitzen das Geheimnis der Strümpfe preis, jedenfalls stierte er so offensichtlich auf den Kontrast zwischen Strumpf und nackter Haut, auf die zwei feinen schwarzen Strapsstriche dazwischen... Ich wurde schon ganz unruhig, fühlte mich aber beschützt durch die Gesellschaft von A. und seinem Freund.

Dann brachen wir auf: Zur Métro-Station Trocadéro, jeder ging in eine andere Linie.

Ich fragte mich, ob ich nicht zurück ins Café gehen sollte, zu dem Bewunderer meiner „Kontraste", aber das kam mir zu verrückt vor.

Die Métro war stickig und voll, auch in der ersten Klasse. Ich blieb gleich an der Tür stehen und versuchte, mich so dünn wie möglich zu machen, neben einem Typen mit Walkman, der mir viel zu nah kam, vielleicht, um dem Blinden mit weißem Stock und seiner Begleiterin ein bißchen mehr Platz zu lassen.

Endlich an der Station Tuilerien angelangt, zwängte ich mich aus der Enge. Dabei fühlte ich noch, daß mir irgendjemand ans Hinterteil faßte. Diesmal war es mir aber nicht angenehm, und ich empfand das Entkommen auf den Bahnsteig als Befreiung.

Und dann ging ich ganz normal nach Hause.

Mein Appartement liegt im Hinterhof. Als ich in den Hof einbog und schon einige Treppenstufen hochgegangen war, bemerkte ich, daß jemand hinter mir herkam. Ich blieb stehen und sah mich um. Es war der Mann mit dem Walkman aus der U-Bahn.

Ich sprach ihn an, „Sie haben mich verfolgt!" Er gab es zu.

Und ich signalisierte ihm, daß ich jetzt hier nach Hause ginge, und er solle aufgeben. Ich hätte gleich noch ein anderes Rendezvous und müßte mich umziehen. Aber er gab nicht auf: „Man könnte sich doch kennenlernen!" Er war hübsch, ja, aber ich hatte es wirklich eilig, da ich mit der Amerikanerin E. in St. Germain verabredet war und deshalb schnell telefonieren mußte.

„Bitte, eine Minute", bettelte er, und ich bot ihm an, morgen im Markt-Café zu sein. Er wollte aber nicht morgen sondern heute. Ich stieg die Treppe weiter rauf, er hinterher. Vor 2 Tagen hatte man in meinem Appartement eingebrochen, ich bekam Panik. Er bat nochmals um eine Minute.

Da stand er am Treppenabsatz, einige Stufen unter mir, in seinem hübschen Hemd, und machte mir schöne Augen von unten herauf. Das heißt, die Augen waren schon nach hinten übergeklappt... Und sagte: „Sie glauben vielleicht, daß ich nicht genug Geld dabei hätte.. (que je n'aurais pas assez de moyens..)" Völlig verrückt, er hielt mich für eine Professionelle.

Ich wimmelte ihn ab, oder besser, versuchte es. Aber er stieg mir weiter hinterher und bat nochmals um eine Minute. Ich gewährte sie ihm. Er sah nicht aus wie ein Verbrecher, nein, wirklich nicht. Und es war eigentlich, im Nachherein betrachtet, richtig nett, denn er flüsterte mir mit rollenden Augen plötzlich zu: das, was man unter meinem Faltenrock auf der Treppe sehen könne, sei sehr verführerisch. Ich mochte ihn und flüchtete.

Er gab immer noch nicht auf, klopfte und klingelte an meiner Tür, das ängstigte mich. Irgendwann wurde es still. Ich wartete noch eine Weile und traute mich dann, durch das Bullauge meines kleinen Badezimmers auf die Treppe zu schauen. Er war weg.

Vielleicht habe ich wiedermal alles falsch gemacht, dachte

ich noch so bei mir.

Merkwürdigerweise geschah fast das gleiche 2 Tage später noch einmal. Ich glaube, ich kam aus der rue des Petits Champs, wo ich in der Passage Choiseul Plakafarben gekauft hatte.

Im Innenhof zu meiner Behausung hörte ich wieder Schritte hinter mir. Auf der ersten Treppenstufe hielt ich an, drehte mich um, und sah wieder einen hübschen jungen Mann herannahen. Diesmal wollte ich raffinierter sein. Ich blieb stehen, und während ich so tat, als suchte ich etwas in meiner Handtasche, sagte ich ganz beiläufig zu ihm „Allez-y, Monsieur (Gehen Sie nur weiter, mein Herr, stören Sie sich nicht an mir)..." Er sollte mich auf der Treppe überholen, daran wollte ich erkennen, ob er wirklich meinetwegen hier war oder vielleicht nur einen Besuch bei anderen Hausbewohnern machen wollte.

Jedenfalls erhielt ich umgehend Klarheit, denn in dem Moment, als er hätte vorübergehen müssen, griff er mir aufs Hinterteil und meinte, wir könnten doch zusammen hochgehen, er hieße Tom, und mein Seidenrock, ah, das wäre schon was, wie gut müsse sich erst meine nackte Haut anfühlen...

Ich antwortete, daß ich ihn nicht kennen würde und das auch nicht ändern wolle, und er solle sich bitte nichts von mir versprechen.

Er blieb tatsächlich stehen, und ich konnte meine Pobacke aus seiner Handfläche entwenden. Dort auf der Treppe, einige Stufen tiefer, unternahm er noch einen letzten Versuch: Mit dem flimmernden Blick eines Wildkaninchens zur Paarungszeit deutete er auf die nicht zu übersehende Beule an seiner Designer-Jeans: Ob ich nicht wenigstens sehen wollte, was da los war?

„Non, merci beaucoup, excusez-moi (nein, vielen Dank, entschuldigen Sie mich bitte)", brachte ich noch hervor und hastete einen Treppenabsatz weiter hoch, um ihn und vor allem seine Hose unbedingt aus den Augen zu verlieren, bevor er sie öffnen konnte.

Er kam nicht weiter hinterher.

Ouf. Sieg!

Im Schutz der Comédie Française

Gutgelaunt lief ich eines abends zur *Palette*, einem Lokal in St. Germain, um mich dort mal wieder mit der Freundin Luise zu treffen. Ich bin immer sehr unsicher mit den Uhrzeiten und außerdem spornt mich die Stadt zu beschleunigtem Tempo an.

Mein Trampelpfad zur Palette führt durch die rue St. Honoré bis zum Palais Royal, dort überquere ich die rue de Rivoli, und durchhaste den Louvre, vom Pyramiden-Innenhof gehts in den 2. klassizistischen Innenhof (grobe, kunsthistorische Fehleinschätzung meinerseits, es handelt sich um Französisches Spätbarock laut Freund M. aus Berlin, und dem muß man glauben. Trotzdem finde ich die Architektur im 2. Innenhof klassisch oder klassizistisch, jedenfalls überhaupt nicht und in keinster Weise Barock. Aha.. da sitzen also meine Vorurteile), dann habe ich die Seine zu fassen und nehme die Fußgänger-Holzbrücke *Pont des Arts* rüber zum linken Seine-Ufer, *Rive Gauche*, um an der Ecke von der rue de Seine und der rue de Callot schwupps in der Palette anzulanden.

Es war sehr kühl an diesem Juni-Abend, und ich trug voller Stolz das eben von Freund A. geerbte, englische Tweedjackett, an dessen Revers ich den Anstecker mit dem Airstream-Wohnwagen (Geschenk von Freund M. aus Hamburg) angebracht hatte, voller Zufriedenheit über die Ablösung von der Frackjacke, die fast 10 Jahre lang mein stets gelungener Begleiter gewesen und jetzt hoffnungslos „worn", aufgetragen, war. Zunächst versucht man immer, das gleiche Kleidungsstück noch einmal neu zu finden, und doch ist man sich schon klar darüber, daß man nach 10 Jahren etwas anderes finden muß. Aber was? Und wenn man nicht weiß, was man sucht, wie soll man es dann finden... Doch die Geschehnisse des Lebens regeln viele Probleme wie von selbst. Und so war ich euphorisiert über das neue Jackett, das ganz von allein zu mir gekommen war.

Am Platz vor der Comédie Française, an die sich das Palais Royal anschließt, gibt es eine schöne alte Buchhandlung. Ich sprintete vorüber und hörte plötzlich ein „Vous êtes belle, Madame". Da ich mich selbst wirklich gut fühlte, riß ich im Schnellschritt den Kopf herum, um zu sehen, wer mir dieses Kompliment gemacht hatte.

Da stand ein etwas älterer Monsieur mit Büchertüte vor dem Buchladen. Er lief nicht und war trotzdem schnell, begriff meine Aufmerksamkeit sofort, das spielte sich in Sekunden ab, und erreichte mit der Bemerkung, „mais vous avez une seconde, quand même, Madame (Sie haben doch wohl eine Sekunde Zeit)", daß ich meine Hast anhielt, um mir anzuhören, was er noch sagen wollte. Man hat immer Hunger auf Liebenswürdigkeiten, und ich bin sowieso bei den Verabredungen in der Palette regelmäßig zu früh dran...

Er sagte mir schöne Sachen. In meinen Augen würde er lesen, daß ich gern allein wäre, aber genau dort, in den Augen, könne er doch auch einen Funken entdecken, der mit der Liebe lieb-äugelt. Er nahm richtig Haltung an, er wollte mich analysieren, er stellte sich als Trickfilmer fürs Kinderprogramm von Antenne 2 (2. Programm des franz. Fernsehens) vor: Michel, den Nachnamen habe ich vergessen, und ich sollte sagen, ob seine Beobachtungen „vrai ou faux (richtig oder falsch)" seien.

Nach dem Augentest kam der Alterstest. Er hielt mich für um die 40, „vrai ou faux"? Und ich sei keine Französin, „vrai ou faux?" Und dann kam heraus, daß ich Deutsche bin, und er Jude, dessen Familie von der Deutschen vernichtet worden ist. Er erregte sich, *wie von der Tarantel gestochen* trat er einen Schritt zurück: „Vous me faites peur

(Sie machen mir Angst)", und ich konnte nur antworten, daß es mich wirklich glücklich machen würde, wenn ich jemals jemandem Angst machen könnte, aber da wäre er leider an die Falsche geraten, ich könne niemandem Angst machen.

Das war der Moment, in dem er mich bat, die „Sekunde" zu verlängern und ihm unter die Säulen der Comédie Française gegenüber zu folgen, wo es weniger Verkehrslärm gibt.

Ich tat das. Dort erzitterte er angespannt vor Angst vor der Deutschen, und er wollte, daß ich ihn umarme, aber „von ganzem Herzen (mais de tout votre cœur)." Ich umarmte ihn. Vrai ou faux, er war so erregt, und ich, die grausame Deutsche, konnte ihm nichts verweigern. Aber das war ihm, dem orthodoxen, praktizierenden Juden, nicht echt genug.

Ich sagte: „Sie verlangen zuviel von mir, (vous me demandez trop)!" und er sah es ein.

Aber er war furchtbar aufgeregt und wollte mich besuchen, ich gab ihm meine Adresse, erwartete ihn am verabredeten Tag und hatte Angst, daß er mich umbringen würde.

Er ist nicht gekommen, und ich ekelhafte Deutsche lebe immer noch.

Eins Zwei Drei

Gestern abend beschloß ich, einen Spaziergang zur Seine zu machen, vielleicht noch mal rüber zum St. Germain zu gehen, obwohl mein Lieblingslokal, die Palette, im August geschlossen ist. Ich nahm ein Buch mit und machte mich auf. Es ist wirklich lange her, daß ich einmal allein und nur zum eigenen Vergnügen ausgegangen bin, ich arbeite zur Zeit sehr viel, bekomme oft Besuch und bin andauernd verabredet. Also haste ich praktisch immer nur zum Einkaufen um die Ecke, um dann sofort nach Hause zurückzukehren und weiterzumachen.

Ich bin froh, daß ich gestern abend losgegangen bin. In Paris muß man einfach rausgehen, sonst brauchte man ja nicht in Paris zu wohnen. Wenn ich allein gehe, habe ich die schönsten Erlebnisse. Ich genieße die ganze Pracht der Stadt, in die ich immer noch genauso verliebt bin wie am ersten Tag.

Zunächst ging ich durch die Tuilerien, da sind die Wege aus ganz weißem Sand. Wenn man in Paris Leute sieht, deren Schuhe aussehen, als wären sie in Mehl gewendet, kann man sicher sein, daß sie in den Tuilerien waren. Vielleicht liegt es an dem vielen Weiß, jedenfalls ist das Licht in den Tuilerien besonders eindrucksvoll. Geradeaus blickt man auf die Längsseite des Gare d'Orsay, den in ein Museum verwandelten ehemaligen Bahnhof. Auf der Höhe des Brunnens kann man rechts die Champs Élysées bis zum Triumphbogen hinaufsehen und bei klarem Wetter dahinter die Grande Arche von La Défense erkennen. Links liegt der Louvre. Wenn ich immer geradeaus gehe, komme ich an der Seine-Brücke Pont Royal heraus.

Da sprach mich ein Mann an. Er hatte einen Stadtplan in der Hand und wollte mich bitten, ihm zu zeigen, wo er sich befand. Er war sehr höflich und sah gut aus, also unterhielten wir uns eine Weile. Er war Rumäne, für ein paar Tage zu Besuch, und fand die Stadt schrecklich teuer. Er könne nicht einfach so sagen„„darf ich Sie in ein Café einladen", aber er hätte Wodka und Kaviar mitgebracht. Deshalb könne er nur sagen: „Darf ich Sie auf mein Hotel- zimmer einladen?" Nun wußte ich Bescheid und konnte eine freie Entscheidung treffen. Obwohl er wirklich nett und sympathisch war, ich wollte mich nicht schon wieder unter einem Fremden auf den Rücken legen, ich wollte einfach nur allein spazieren gehen. Trotzdem war mir die kleine Unterhaltung sehr angenehm. Er ging offensichtlich davon aus, daß ich auf dem Weg zu einem Rendezvous war, denn er zeigte vollstes Verständnis dafür, daß ich jetzt weiter mußte. Aber er wollte mir noch sagen, wie schön er mich fände, und fragen, wann wir uns vielleicht wiedersehen könnten. Ich schenkte ihm ein gerührtes Lächeln: „Niemals."-„Niemals?" wiederholte er völlig faszi- niert, und einen Moment lang empfand ich die ganze Traurigkeit eines Abschieds für immer. Und es war nicht mein Über-Ich sondern mein Ich, das erkenntnisreiche, das ruhig und zufrieden befand: es ist besser so.

Ich überquerte die Pont Royal und ging in die rue de Sei- ne, vorbei an der geschlossenen Palette, um rechts in die rue de Buci einzubiegen. Kurz vor dem Boulevard St. Ger- main gibt es dort ein sehr nettes Ecklokal, man kann draußen sitzen, und es gibt einen besonders verschmitzten Ober.

Er begrüßte mich und fragte, ob ich noch Freunde erwar- ten würde, denn ich bin schon oft mit Besuch dort einge- kehrt. „Nein", antwortete ich, „heute bin ich ganz allein." – „Um so besser für mich", zwinkerte er. Ich bestellte ein Bier, und jedesmal, wenn er vorbeikam, machte er mir Augen und irgendeine Bemerkung. Ich las eine Weile. Es war noch nicht sehr spät, so gegen halb 10. Die Stadt war inzwischen in die gelben Lichter abgetaucht, es war angenehm warm, St. Germain ist stets gut vorbereitet auf das Nachtleben.

Aber ich wollte nicht zu lange bleiben und zahlte. Der Ober fragte, ob ich nicht später nochmal wiederkommen wolle, kurz bevor sein Arbeitstag zuende wäre, und als ich verneinte, fragte er, wann ich denn mal wiederkommen würde. Ich sagte „Sonntag".- „Nein, das geht nicht, da arbeite ich nicht, also bis morgen!!!" Und ich sollte kommen, wenn es nicht so voll ist. Wann mag das wohl sein, ich habe vergessen, danach zu fragen. Denn jetzt neigte er seinen hübschen Kopf etwas näher heran, sah mir sehr präzise in die Augen und wisperte:„Sie haben sehr schöne Beine." Und ich freute mich darüber.

Dann ging ich zum Taxenstand. Ich nahm nicht den nächsten von Mabillon sondern den vom Odéon, weil ich noch ein Stück durch das lebhafte St. Germain laufen wollte. Nach ein paar Schritten befand ich mich schon wieder in Gesellschaft. Ein ganz junger Bursche in einem sehr hübschen Hemd bat um die Erlaubnis, mich begleiten zu dürfen. Ein Kind, dachte ich bei mir, ein schönes Kind, aber doch erstaunlich, woher es den Mut nimmt. An diesem Abend lag nichts Bedrohliches in der Luft. Ich willigte also lächelnd ein, er könne mich zum Taxi begleiten.„Was, Sie wollen schon nach Hause?" Wo das denn wäre. Im ersten Viertel? Er hätte ein Auto und würde an der Bastille wohnen. Ich solle doch kein Taxi nehmen, er würde mich fahren, und wir könnten ja kurz auf dem Weg bei ihm an der Bastille einkehren. (Wenn der Place de la Bastille auch nicht weit weg ist, so liegt er doch noch lange nicht auf dem Weg zu mir!) Ein wirklich reizendes und großzügiges Angebot! Ich lehnte es sehr höflich ab.

Das war das dritte Angebot in anderthalb Stunden und alle drei waren so nett, daß ich jedes einzelne ohne weiteres hätte annehmen können. Deshalb war ich auch sehr glücklich an diesem Abend, als ich ins Taxi stieg. Die Heimfahrt ging an der Seine entlang, die wieder einmal in dieser lauen Sommernacht so verheißungsvoll in den gelben Lichtern glitzerte und blinkte und meinen Glückszustand auf die Spitze trieb. Der Taxifahrer fuhr sehr korrekt und schweigsam. Aber ich konnte nicht anders, ich mußte reden: „Qu'elle est belle la Seine!"- „Ça, oui, tout à fait", kam blitzartig die Antwort. Es ist nicht so, daß ich spinne. Die Pariser selbst sind verliebt in ihre Stadt, es ist einfach wahr, Paris ist die schönste Stadt der Welt. Jeden Tag, den man hiersein kann, sollte man in seinem Lebenskalender rot ankreuzen. Und wenn es mir gelingen sollte, hier zu sterben, dann möchte ich in die Seine geschüttet werden, meine Asche, meine ich.

Auf dem Blumenmarkt

Mein Vater ist gestorben. Aus der Haushaltsauflösung habe ich einen kleinen roten 50er-Jahre Nierentisch-Blumenhocker mit nach Paris gebracht. Und natürlich all seine Bilder. Mein Vater hat viel, gerne und sehr gut gemalt, vor allem Seestücke, er liebte das Meer und die Seefahrt über alles. Trotzdem gefällt mir das Landschaftsbild mit den *Kreidefelsen von Rügen* am besten und ein sehr kleines, oval gerahmtes Aquarell von einem violetten Stiefmütterchen. Mehr konnte und wollte ich nicht haben aus dem Nachlaß.

Die Bilder nehmen nicht allzuviel Platz weg. Der *malende* Vater hat mich immer mit dem *strafenden* ausgesöhnt. Und der Blumenhocker ist gerade klein genug für meine Pariser Mansarde. Dabei habe ich überhaupt keine Kindheitserinnerung an ihn. Nicht so, wie an das Stiefmütterchen, das der Vater bereits in jugendlichen Jahren gemalt, und während seines ganzen Berufslebens zusammen mit einem Miniaturporträt von Schiller in der Brieftasche stets bei sich getragen hat. Er konnte erst nach der Pensionierung wieder weitermalen...

Eine hannoversche Bildhauerin, die auch Stipendiatin an der Cité des Art gewesen ist, hat mir bei ihrer Abreise nach Deutschland eine Stuhl-Skulptur geschenkt: einen etwas umgebauten Eisdielenstuhl, ebenfalls im 50er-Jahre-Stil mit grünlicher Resopalrückenlehne und einer blauen Lackplatte als Sitz. Irgendwie hatte ich die Vision, daß dieses Stuhlobjekt sich mit dem roten Blumenhocker gut vertragen würde.

Zuerst stand alles in meiner Mansarde, bis ich auf die Idee kam, meinen kleinen Lebensbereich auf den Treppenabsatz vor dem Appartement auszudehnen. Dort ist der Fußboden mit bunten Kachelsplittern gefliest und ringsum schwarz eingefaßt. Vor dem Fenster zum Hof befindet sich ein Waschbecken außer Dienst, darauf liegt eine Holzplatte, die mit grellgrünem Wachstuch bezogen ist. Ich stellte den Stuhl neben meine Eingangstür und war sofort begeistert. Ich holte den kleinen roten dreibeinigen Hocker dazu. Und plötzlich wußte ich, auf den Hocker gehört ein Gummibaum!

Auf der Île de la Cité gibt es einen wunderbaren Blumenmarkt, den Marché aux Fleurs, eine feste Einrichtung aus altertümlichen Holzbuden, eine an der anderen, rings um einen Platz herum, direkt am Seineufer der Insel, zwischen dem Justizpalast und dem Hôtel de Dieux. Nur am Sonntag verwandelt sich der Blumenmarkt in einen Vogel-Markt. Ich komme regelmäßig an meinen Sonntagsspaziergängen zum Milchholen auf der Île St. Louis daran vorbei. Aber zu Fuß ist das doch ein ziemliches Stück Weg, und ich wußte nicht recht, ob ich einen Gummibaum so leicht nach Hause tragen könnte wie einen Liter Milch.

Diesmal mußte ich also in der Woche dort hin. Ich trug mein neues Kleid. Der Tod des Vaters hatte mir außer dem Blumenhocker und den Bildern auch ein bißchen Geld beschert, und zum ersten Mal in meinem Leben hatte ich mir ein richtig teures Kleid gekauft, für 1800 frs, das sind ca 600 DM. Da ich solche Ausgaben nicht gewohnt bin, hatte ich mich fast nicht getraut, war nach der Anprobe noch mal rausgegangen aus dem Laden.

Die geschickte Verkäuferin fragte noch, ob ich Italienerin sei, Italienerinnen haben einen so guten Geschmack, das Kleid sei wie für mich gemacht, und sie wäre sicher, daß ich wiederkommen würde. Sie behielt recht.

Das Kleid ist eher unauffällig aus Glencheck-gemustertem Leinen, mit Schulterpolstern und Ärmeln, die im Aufschlag an den Ellbogen zuende sind. Vorne ist es wie ein Mantel unterhalb eines länglichen Reverskragens doppelreihig mit

Perlmuttknöpfen zu verschließen, hat rechts oben eine kleine Brusttasche und links unten eine auf der Hüfte, am Rücken gibt es in der Taille zwei Stoffstücke, die, je nach dem, ob man gerade etwas dicker oder dünner ist, zum Gürtel verknotet werden. Das Kleid ist streng und wird doch der Weiblichkeit gerecht. Ohne zu kneifen, betont es alle Formen, der Reversausschnitt ist gerade so tief, daß man von der Seite einen Einblick auf den Busen bekommt, der genau dort aufhört, wo es unanständig wird.

Mein geheimnisvolles, teures Kleid! Es verwandelte mich in eine Dame, was meinem Alter wirklich mehr entspricht als dieses ewig unperfekte Improvisieren mit den billigen Fummeln. Immer das avantgardistische Experiment auf der Haut, haut man auch nicht daneben? Stress, Spießrutenlaufen. Künstler, Attraktion, Provokation sein, Mut haben...es bleibt einem gar nichts anderes übrig, wenn man sich selbst behaupten will.

Was für ein Experiment! Ich ging also nicht wie üblich am Sonntag sondern an einem Wochentag nicht auf den außergewöhnlichen Vogel- sondern den alltäglichen Blumen-Markt, nicht als Künstlerin, sondern als Dame. Wie ungewöhnlich milde war die Welt!

Ich durchwanderte die Kleinstpfade zwischen den Pflanzen unter den Holzbudendächern und versuchte, mich auf einen Gummibaum zu konzentrieren. Was für schöne Exemplare der Natur standen hier zum Kauf! Lorbeerbäumchen, Hibiskus, sonderbare Palmen, dazwischen Blütenprachten an exotischen Gewächsen. Schnittblumen gibt es hier nicht. Aber Erde und Töpfe. Wegen der Hitze hatte man überall Wasser versprengt. Die Pflanzen atmeten das Wasser ein und ihr *Parfüm* aus. Im Schatten der eisengestützten Budenholzdächer kam ich mir vor wie auf einem Sklavenmarkt, die Farben der Blüten hier im Schatten: Was geschieht da mit den Farben, daß sie so sehr leuchten?

Nicht das Licht, das Wasser ist es! Und die vielen unterschiedlichen Blätter an den Grünpflanzen, manche sind ledern, andere fast durchsichtig, es gibt dunkle und helle, kleine und große, die einen scheinen einem zuzuwinken, die anderen ruhen in sich, in der Schönheit. Hier sieht man nur Pracht. Streng, wohlgewachsen, schön, gesund. Eine Blattlaus kommt hier nicht in Frage. Und die dampfende Humus-Erde, die doch eigentlich aus Verwesung besteht, vielleicht sogar aus der Verwesung von Blattläusen, liegt da, Plastiktüten-abgepackt in handlichen Gebinden. Auf dem Blumenmarkt veranstaltet die domestizierte Natur ein Spektakel. Alle Pflanzen, ihre Erde, ihre Töpfe, ihre Verkäufer, ihre Bewunderer erheben eine Melodie mitten in dem Beton, dem Sandstein der Gebäude, des Straßenpflasters mit den Autos und ihrem Hupen. Und immer noch nicht *gegen* die Stadt.

Genauso wie die Seine, die ja auch irgendwoher aus der Natur kommt und sich durchquälen muß durch diesen Moloch Paris, entlanggeleitet, domestiziert an Quaies, urbanisierten Ufern. Die Seine büßt dabei nichts von ihrer Natur ein. Mitten in der Stadt Paris behält sie ihren Charakter. Da fließt das Element. Und alle staunen. Wie kann ein Naturelement, eingetopft oder uferzementiert, seinen Charakter, seine Kraft, seine ureigenste Bedeutung bewahren? Und auch das Bild des Menschen in Paris ist nicht häßlich. Doch zurück von meinem Gang an der Seine entlang, durch die schönen Pflanzen zu meiner Suche nach dem Gummibaum. Ganz am Ende des Marktes entdeckte ich einen. Nicht nur einen, mehrere, die alle sehr genau auf den Blumenhocker an meinem Treppenabsatz passen würden. Qual der Wahl.

Er gab es einen Verkäufer. Der war kleiner als ich und trug einen blaugrauen Kittel. Ich fragte ihn nach den Gewohnheiten eines Gummibaums aus. *„L'arbre à caout-*

chouc braucht einmal die Woche Wasser, nicht zuviel Son-
ne" sagte er, „und als Erde das übliche".
Dabei machte er mir Augen. Meine Rolle als Dame habe
ich wohl noch nicht richtig beherrscht. Ich verhalte mich
immer eher aufgeregt-aufmerksam als gnädig-müde. Er
machte mir Komplimente. Und ich fand das wiedermal zu
erstaunlich, wie ein Mann, der kleiner war als ich, überhaupt nicht schön oder intelligent, seine Rolle als Verführer so glaubhaft aufs Parkett bringen konnte.
„Sind Sie verheiratet", fragte er mich mutig. Und ich
schwindelte ein „Ja." – „Ach, wie sind Sie doch schön,
Madame", antwortete er. „Und wenn Sie wissen wollen,
was ich am liebsten täte, dann will ich es Ihnen verraten:
Ich möchte Sie dort zwischen meine Blumen stellen, und
wenn ich mein eigener Kunde wäre, dann würde ich Sie
auswählen, und wenn Ihr petit mari (der Ehemann) mal
nicht ganz so funktioniert, wie Sie es wünschen, dann
kommen Sie einfach zu mir..."
Ich kaufte den Gummibaum und trug ihn, der viel leichter
war, als ich gedacht hatte, nach Hause. Ich plazierte ihn
auf dem kleinen roten Hocker zwischen der grellgrünen
Waschbeckenabdeckung und dem blauen Eisdielenstuhl-
Objekt vor meiner Mansardenhaustür.
Er macht sich gut dort, jeden Sonntag bekommt er eine
kleine Wasserflaschenration und macht daraufhin jedesmal
ein neues Blatt. Manchmal putze ich seine Blätter mit dem
Staubtuch. Der Blumenhändler hat mit gesagt, wie das
geht. Man faßt den Stamm an und hält die Verbindung mit
dem Ast, an dem das Blatt ist. Das Staubtuch soll nicht
von innen nach außen sondern von außen nach innen
geführt werden.
Als der Gummibaum auf dem Treppenabsatz neben dem
Eisdielenstuhl auf dem roten Hocker installiert war, habe
ich den ovalen Goldrahmen mit dem violetten Stiefmütter-

chen meines Vaters dazugehängt. Danach setzte ich eine eigene Plastik, eine Frauenfigur in rosa, auf den Stuhl und kaufte eine Fußmatte mit einem Häuschen und der Aufschrift *the heart of a home is love.*

Die Modenschau

Prêt-à-Porter in Paris, jeder weiß, das ist etwas Besonderes, aber wenn man nicht aus der Mode-Branche ist wie ich, weiß man eigentlich gar nichts. Und plötzlich bekomme ausgerechnet ich eine Einladung geschenkt für die Vorführung von Didier Ludots gesammelten Kleiderkunstwerken: *Haute Couture 1940 - 1970*.

Im Hof der Nationalbibliothek im Ersten Viertel von Paris war ein großes Zelt aufgebaut und Sperrgitter wie zum 200. Geburtstag der Revolution, als der Weltgipfel zur Einweihung der neuen Opéra-Bastille anstürmte, oder wie für die Taxenschlange am Gare du Nord. Viele schöne, frisch geduschte Menschen warteten auf Einlaß. Um 18 Uhr sollte es losgehen und gegen 18.30 war erstes distinguiertes Murren zu erlauschen.

Mir wurde das Warten nicht lang in Gesellschaft dieser vielen fremden schönen Menschen, die sich gegenseitig theatralisch begrüßten. Wer keinen kennt, ist doof, das Spiel kenne ich gut, das ist in der ganzen Kunstszene so üblich, bei Vernissagen, Premieren, Lesungen, überall dasselbe, da heißt es tapfer sein, Haltung bewahren und sich ganz dem Augenschmaus hingeben:

Extravagant gekleidete Frauen, Prunk vom Scheitel bis zur Sohle, die Eleganz der Männer ist immer etwas konventioneller. Junge Leute sah ich zu diesem Zeitpunkt nicht. Ausgenommen die Models, die einzigen, die schon *rein* durften, ist ja klar, und das Komische war, daß ich die alle hier im Viertel in den letzten Tagen schon gesehen hatte (ich wohne um die Ecke). So viele schöne Langbeine in Schwarz - eine außergewöhnliche Invasion...

Die Eingänge wurden von Livrierten bewacht, aber einem Mann in ungeheuer großen, schwarzen Schuhen galten die Barrieren nicht, er gehörte offensichtlich zum *Betrieb* und

wieselte verhaltensauffällig hin- und her um die Manne-
quins zu begrüßen, eigentlich eher *in Empfang* zu nehmen: ganz, ganz großer Bahnhof.

Dann wandte sich einer der Livrierten an die Wartenden:
Personen, die einen roten Punkt auf der Einladung haben,
dürfen jetzt eintreten. Mein roter Punkt war mir von
Anfang an aufgefallen, ich zeigte ihn - und - durfte hinein
in die heilige Halle, vor der ganzen Masse, bekam einen
Logen-Platz in der 2. Reihe an der Laufstegmitte. Alle Plätze waren noch leer, und der Livrierte fragte mich höflich,
ob ich mit dem Platz einverstanden sei (was sollte ich
dazu sagen).

Langsam füllte sich das dezent luxuriöse Zelt, auf dem
Laufsteg in der Mitte lag noch eine Schutzplastikplane, die
Stühle waren gepolstert und bequem, glücklicherweise,
denn der Einlaß zog sich nochmal 45 Minuten hin, und
man durfte natürlich nicht rauchen. Es wurde immer voller, hektischer, die roten Punkte wurden immer wieder
nachkontrolliert, zusätzliche Klappstühle angeschleppt,
und schließlich hockten sich die letzten Japaner auf den
gedämpft-weichen Teppichboden.

Neben mir nahmen 4 wunderschöne junge Männer Platz,
wirklich, ich hätte nicht sagen können, welcher der schönste war, vielleicht der mit dem zweimal gewundenen goldenen Schlangenring am kleinen Finger? Solche ausge-
suchten Exemplare sieht man selten auf der Straße. Und
wenn doch, dann sitzen sie in einem Jaguar und fahren
vorbei.

Außer den Livrierten gab es hier drinnen wieder einen
Mann, der ebenfalls die Gäste zu ihren Plätzen brachte. Er
war ungewöhnlich angezogen: Zu seinen Hosen aus hell-
grauem Feinstwildleder im Reithosenstil fiel mir das altmo-
dische Wort *Beinkleider* ein. Aber noch außergewöhnli-
cher war die Jacke. Sie geleitete meine Phantasie nach

England, für mich war sie nicht aus Stoff sondern aus *Tuch* und rief Erinnerungen an Sherlock Holmes wach, obwohl sie nur sehr bedeckt kariert war. Dafür hatte sie aber in der Taille einen eingezogenen Stoffgürtel, der vor dem Bauch geknotet war. Der Mann hatte die Ärmel hochgekrempelt und achtete darauf, daß die ebenfalls hochgeschobenen Hemdmanschetten darunter herausguckten. Das Hemd war cremefarben mit breiten englischroten Streifen. Offensichtlich war es schwierig, die unter den aufgekrempelten Jackettärmeln hochgeschobenen Hemdmanschetten im richtigen Verhältnis hervorlugen zu lassen, denn der Mann lief immer mit halb-angewinkelten Armen herum, so, als hätte er sich gerade die Hände gewaschen, aber kein Handtuch.

Unter den Damen gab es einige, denen man ansehen konnte, daß sie seit 30 Jahren jeden Tag Mode und Modelle taxieren. Sie kamen in Begleitung und wurden andauernd von diesen schönen jungen Männern begrüßt, hatten topfrisierte Kurzhaarschnitte und unauffällig teure Kleidung an. Als die Show endlich losging, setzten sie die Brillen auf. Der Laufsteg wurde angestrahlt und eine aufgedrehte schrille Disco-Musik kratzte die Ohren.

Ich hatte mir vorgestellt, daß die Kleider von 1940 bis 1970 heute, in den 90er Jahren, bestimmt komisch-altmodisch wirken würden, dachte an meine Jugend in den 60-er Jahren und an alte Lilo Pulver- und Louis Trenker-Filme. Aber das, was kam, war nicht komisch. Die Haute Couture Mode ist nämlich nie *modisch* gewesen, nein: immer klassisch!

Also wirkten alle Kleider nicht altmodisch sondern alt. Bei manchen Paillettenkleidern hing ein Faden aus dem Saum. Sie schlotterten um die atemberaubend mageren Hüften der überaus jungen Models mit den längsten Beinen der Welt.

Da ich selbst nicht vom Fach bin, und mir die Kleider gar
nicht so sensationell vorkamen (nur einmal hatte ich das
Gefühl, da kommt meine Freundin Lotte über den Schul-
hof, in einem mit Margeriten bedruckten, durchgeknöpften
Kattun-Kleid), beobachtete ich die Reaktionen einer mir
im Blickwinkel sitzenden Modedame mit besonders kur-
zem Haarschnitt und Hornbrille an Kette. Eine sympathisch engagierte Person. Neben ihr saß eine große Dun-
kelhaarige, die keine Miene verzog. Sie mußte mindestens
eine de Castellbajac sein, um der tief empfundenen Lange-
weile den glaubwürdigen Anschein der höflichen Aufmerksamkeit verleihen zu können. Ich stellte mir vor, daß
diese beiden Damen ein klassisches lesbisches Paar mit
sich ergänzenden Temperamenten und Physiognomien
sind: so, als ob sich hier die lieblich-süße und die kostbar-
müde Liebe gefunden hätten. Jedenfalls applaudierten die
beiden Damen völlig anderen Modellen als denen, die mir
gefielen und auffielen. Wahrscheinlich gab es da haufen-
weise Raffinessen in Details, die ein Laie nicht entziffern
kann. Nur beim allerletzten Kleid Nr. 115, ein Paquin-
Modell von 1945, war ich vollkommen mit ihnen einig:
Robe crêpe marocain ivoire, buste à plis réligieux, taille
brodée paillettes argent, jupe plissée soleil...ein Traum-
kleid.
Und dann war Schluß - Schluß, aus. Es gab keinen Sekt
geschweige denn ein Büfett. Ich stellte mich an den Ausgang und dachte, das kann nicht wahr sein, die Journali-
sten und die Modeleute werden doch jetzt zusammen
essen gehen, ich kenne einfach nur keinen. Also wartete
ich geduldig, bis die kleine kurzhaarige Modedame mit
der großen edlen Castellbajac erscheinen würde, um
ihnen einfach nachzugehen. Aber die Modedame kam
allein, das heißt, nicht ganz allein, sondern eskortiert von
zwei jungen Männern, um, wie ich erlauschte, ins Büro

zurückzufahren. Meine Phantasie war zu weit geschweift.
Also ging ich nach Hause, langsam und sehr beeindruckt.
Da sah ich eins von den Models, es war immer noch völlig
geschminkt, trug jetzt aber wieder die privaten Klamotten,
das heißt schwarze leggings (calçons) und Lederblouson,
es ging in einen Félix-Potin-Lebensmittelladen und kam
mit Plastiktüte wieder heraus. Ich überlegte, was so ein
Mädchen von vielleicht 17 Jahren wohl empfunden haben
muß, denn normalerweise wird sie doch experimentelle
Klamotten aus der eigenen Zeit vorführen. Da sie den selben Weg wie ich einschlug, erfaßte ich die Gelegenheit an
der roten Ampel, um sie zu fragen.
Sie antwortete in amerikanischem Englisch: Die Kleider
wären alte, sehr kostbare und vorzüglich gearbeitete
Kunstwerke, sie hätte sich sehr verantwortlich gefühlt und
versucht, das Flair der *anderen* Zeit zu ergründen, um sie
würdig präsentieren zu können.

Ein Platz für Frauen

Wenn ich morgens aus meiner Pariser Mansarde hinunter-
steige und im Hinterhof den Briefkasten öffne, ich wohne
zwischen zwei Restaurants, steht da schon der erste Mann.
Ein sehr hübscher, junger, großer Ober in seinem tadello-
sen schwarzen Anzug auf dem wohlgebauten Körper. Er
sagt, und das sind die ersten Worte, die ich am Tag höre,
„ Je vous trouve toujours si belle, Madame (ich finde Sie
immer so schön, Madame)."
Auf der Straße kommt der weißhaarige Fischhändler in seiner Schürze herausgestürzt: „Madame, wann gehen Sie
endlich mit mir essen?" Dabei habe ich seine Poissonnerie
im ganzen Leben noch nicht betreten.
Dann, ein Stück weiter, lugt der *Duc de Bourgogne* (Her-
zog von Burgund), aus seinem Spezialitätengeschäft heraus. Ein wirklich entzückender älterer Herr, mit dem ich
mir immer einen Guten Tag wünsche, obwohl ich noch
nie etwas bei ihm gekauft habe. Er hat ein feines Gesicht,
hübsche, graumelierte Haare und lustig-verschmitzte
Augen. Wenn er mich sieht, tritt er immer ganz aus seiner
Tür heraus, stellt sich mitten auf den Gehweg, stemmt die
Arme in die Seiten und betrachtet mich von oben bis
unten. Dabei hält er den Kopf etwas schief und sieht aus,
als sei er von meinem Anblick entzückt. Wenn ich dann
so auf ihn zugehe, er steht ja in meinem Weg, ist es, als
sei ich auf einem Laufsteg, und er wolle sagen, „komm in
meine Arme." Im letzten Moment tritt er zur Seite und
macht mit dem schräggehaltenen Kopf eine anmutige Ver-
neigung. Lächelnd sagen wir uns das „bonjour, ça va (wie
gehts)", und ich habe das Gefühl, dieser Mann ist voll und
ganz mit mir einverstanden, so, als gäbe es wirklich nichts
an mir auszusetzen.
Paris ist eine Stadt für Frauen. Jede Frau wird hier wie

eine Königin behandelt und fühlt sich durch all die Liebenswürdigkeiten, die ihr entgegen gebracht werden, geschätzt, verwöhnt, wie auf Händen getragen. Und vor allem *schön*. Auch am häßlichsten Entlein entdecken die Franzosen noch das eine, und sei es noch so kleine, reizvolle Detail. Treffsicher loben sie es. Und das häßliche Entlein, das vielleicht eine unschöne Figur aber ein *hinreißendes* Lächeln hat, kann trotz der dicken Beine durch Paris segeln wie ein schöner Schwan.

Pariserinnen haben übrigens einen ganz besonderen Gang. Sie knallen energisch die Hacken auf und setzen die Füße in den Klack-Klack-Schuhen rechts und links nach außen. Die Knie sind durchgedrückt, der Schritt schnell, die Haltung gerade. Keine Ausländerin kriegt das hin, und wenn sie noch so lange in Paris lebt.

Aber den Parisern ist es egal, ob sie eine „Eingeborene" oder „Fremde" vor sich haben, Frau ist Frau, und irgendetwas muß in der Muttermilch versteckt gewesen sein, das ihnen die Bewunderung für die Frau und vor allem das Aussprechen dieser Bewunderung, zutiefst in das Naturell eingepflanzt hat. In absolut einmaliger Weise spielt das Alter der Frauen dabei überhaupt keine Rolle. Deshalb sieht man in Paris diese wunderbar selbstbewußten älteren Frauen mit viel Persönlichkeit und individueller Eleganz. Kein Wunder: wenn jede, auch eine völlig durchschnittliche Frau immerfort zu hören kriegt, daß sie wegen ihrer Hände, ihrer Augen, ihrer Beine, ihres Kopfnickens, ihrer Ohrläppchen attraktiv, das heißt, nicht nur schön sondern begehrenswert ist, arbeitet sie das Detail aus, und wird tatsächlich begehrenswert. Männer und Frauen versprechen sich gegenseitig die Möglichkeit der Verführung, zu der es nie kommt....

Paris ist eine Stadt der so viel versprechenden Erotik, der *passion*, der Leidenschaft, die Betonung liegt auf dem

Leiden, Paris, die Stadt der Liebe, ist genauso sehr eine Stadt des Liebeskummers. Eine Stadt der Sehnsucht. Eine Stadt für Einsame, für Träumer, die gar nicht wirklich die Erfüllung der Sehnsüchte suchen, vielleicht sogar aus Angst vor dem sogenannten Glück.

Ein idealer Lebensraum für alleinstehende Frauen mit Phantasie.

Jean-Pierre und Ludovic

Eines Abends saß ich mit meiner Freundin Luise in der *Palette*. Es war sehr voll, und wir warteten auf meinen Besuch aus Deutschland, M. und seine Geliebte, die immer auf sich warten lassen. Da kamen zwei junge Männer an den Tisch. Wir wollten ihnen die beiden letzten freien Stühle nicht geben, aber sie versicherten uns, sofort Platz zu machen, wenn der Besuch eintrifft. Der eine war blond und der andere dunkelhaarig, genau wie meine Freundin und ich. Der Blonde hieß Jean-Pierre und machte sich an die Blondine Luise heran. Der dunkle Ludovic saß schüchtern neben mir. Zunächst fand ich Ludovic schöner als Jean-Pierre, aber dann bemerkte ich, daß Jean-Pierre der größere Kasper war, ein ganzes Repertoire an Gesichtsausdrücken bespielen konnte. Für mich ist das immer ein Zeichen für eine intensive Persönlichkeit. Ludovics Schönheit verlor dagegen an Glanz und wirkte auf mich ein wenig eindimensional, langweilig.

Ich kann mich nicht daran erinnern, worüber wir geredet haben, aber es ging sehr lustig zu, und Jean-Pierre hatte Luise schon im Arm, als die deutschen Besucher eintrudelten. Inzwischen waren Stühle frei geworden, so daß die beiden Franzosen das Feld nicht räumen mußten. Es wurde immer lustiger, alle unterhielten sich querbeet, und zum Schluß tauschten Luise und ich mit Jean-Pierre und Ludovic Telefonnummern aus. Wir wollten uns wieder treffen.

Ich stieg zu den beiden Deutschen in den schwarzen Saab (Modell *Turbo-Düse*), ich hatte ihnen ein Hotel bei mir um die Ecke besorgt, und Luise ließ sich von Jean-Pierre und Ludovic im schwarzen BMW nach Hause fahren. „Er hat Auto-Telefon", berichtete sie mir am nächsten Tag. Der teure BMW von Ludovic hatte mich ziemlich erstaunt

und nachdenklich gemacht. Mir war plötzlich bewußt geworden, daß die beiden Franzosen sehr viel jünger waren als Luise und ich. Typische Vertreter der neuen Generation, die keine Probleme mit der Integration in die Gesellschaft hat. Jeunesse dorée, teure Autos, teure Klamotten, Geld, Erfolg, Côte d'Azur. Ludovic war Unternehmer-Sohn, „wir richten Fitneß-Center ein", Jean-Pierre war Sohn nicht eines sondern des Austernkönigs der Bretagne. Als die deutschen Besucher wieder abgereist waren, kam die Verabredung zu viert zustande. Wir trafen uns in der Palette, um danach im Bonaparte, einem kleinen Restaurant gegenüber der Académie des Beaux Arts, essen zu gehen. Luise und ich waren schon in der Palette, als die beiden ankamen. Ludovic setzte sich neben mich.
„Hat sie wieder so einen kurzen Rock an", fragte Jean-Pierre. Ludovic bejahte das. „Wieso eigentlich?" wollte Jean-Pierre wissen. „Na, das ist doch klar", antwortete Ludovic für mich, „weil sie so hübsche Beine hat." Die beiden hatten sich richtig *in Schale* geworfen: Frischgeduscht, frischgebügelte Anzüge, Krawatte. Die von Ludovic war klassisch, Pierres mit provokativen Motiven verziert. Jean-Pierre ist der Künstler, der Intellektuelle, dachte ich so bei mir.
In Frankreich gehören die Künstler und die Intellektuellen in dieselbe Zunft. In Deutschland nicht. Da ist die Kunst in der Sinnlichkeit verankert und die Sinnlichkeit wird dort leider nicht mit Esprit verbunden. Sie darf nur aus dem Bauch und keinesfalls aus dem Kopf kommen. Sie ist allerhöchstens bauernschlau. Denken und Bildung, wer weiß, sogar Universitätsstudium, kommen für eine Künstlerkarriere nicht in Frage. Die Deutschen trennen die Sinne vom Verstand ab. Wie sie überhaupt alles voneinander trennen. Die Gerechtigkeit von der Menschlichkeit, den Reichtum vom Genuß, das Alte vom Neuen, das Kranke

vom Gesunden, überall hauen sie einen Keil rein. Dabei
wissen alle, daß es nichts Absolutes gibt in diesem vegeta-
tiven Lebenszustand. In der Theorie, jawoll! Aber selbst da
bekommt die unbekannte Größe mit dem berühmten
Namen X ihre Anerkennung. Es gibt keine Unschuld ohne
Schuld, keine Großzügigkeit ohne Gier, und es hat noch
kein Leben ohne den Tod gegeben.

In der Palette nahmen wir also einen Aperitif, und plötzlich entdeckte Jean-Pierre irgendwo im Lokal einen
Freund, winkte ihn an den Tisch und stellte ihn vor „Das
ist Scott, Photograph." Übrigens war das typisch für Jean-
Pierre: er wollte die strenge Viererkonstellation vom Stress
befreien. Scott kam mit zum Essen ins Bonaparte.

Ich mochte Scott gleich, obwohl er überhaupt nicht ins
Bild der Jeunesse dorée hineinpaßte. Vom Alter nicht und
auch nicht vom Aufzug. Aber er war mir aufgefallen beim
Eintreten in die Palette, und später sagte er, daß ich ihm
auch aufgefallen sei.

Er hatte eine schöne Stimme und erzählte zweideutige
Geschichten beim Essen. Zum Beispiel über Monsieur
Drucker, den berühmtesten Show-Master Frankreichs. Das
kam so: Wir redeten über Katzen. Im deutschen heißt es
die Katze und der Hund. Im Französischen ist die Tier-
Kategorie *Katze* männlich angelegt: *le chat*. Wenn man *la
chatte* sagt, bedeutet das *die Muschi*, also das weibliche
Geschlechtsteil. Das stellte sich heraus, als ich die
Geschichte meiner Lieblingskatze Lieschen zum Besten
gab, weil ich sie natürlich als *ma chatte* bezeichnete. Also,
Monsieur Drucker hatte seine erste Fernseh-Show und
stellte die Kandidatin X. vor. „Sie kommt aus der Provinz,
ich habe sie dort besucht, und ich muß Ihnen sagen, sie
hat la plus belle chatte de la France! (die schönste Muschi
von ganz Frankreich)". Ob er das mit Absicht oder vor
Aufregung gemacht hat, weiß man nicht. Aber so wurde er

auf einen Schlag Publikumsliebling in diesem lasterhaften Land. Scott kam mir auch ziemlich lasterhaft vor.

Nach dem Essen konnte man ja nicht schon wieder in die Palette gehen. Scott schlug vor, bei ihm zu Hause noch einen Irish-Coffee zu trinken. Alle waren einverstanden.

An diesem Abend hatte ich mich nicht auf Ludovic sondern auf Jean-Pierre konzentriert, natürlich war das mit der Freundin vorher geklärt worden, sie hatte nichts dagegen. Scott war nur eine mehr oder minder unpassende Zugabe. Beim Aufbruch stellte sich die Frage der Verteilung auf die unterschiedlichen Vehikel. Ich trottete automatisch hinter Luise her, die mit Ludovic zum BMW ging. Scott hatte ein Motorrad. Jean-Pierre lief zu seinem Auto. Ludovic sagte, es wäre zu traurig für Jean-Pierre, wenn der allein fahren müßte. Und plötzlich hatte ich das Gefühl, nein, ich hatte kein Gefühl, nur die Eingebung, daß es an mir wäre, mich Jean-Pierre anzuschließen.

Er war schon ein gutes Stück weiter in die andere Richtung gegangen. Da stand er neben seinem Auto, und ich lief hin. Sein Auto war ein grauer Porsche. Das war eine phantastische Überraschung für mich. In einem Porsche nachts durch die gelbblitzende Lichterstadt Paris brettern, und dabei noch Musik hören, na, da war ich aber mal glücklich. Ich erinnerte mich an das traurige Lied *Lucie Jordon*: At the age of 37 she realized that she would never drive through Paris in a sportscar, with the warm wind in her hair... Da war ich aber besser dran!

Vor Scotts Haustür warteten wir eine Weile im Auto, denn wir waren schneller als das Motorrad gefahren. Jean-Pierre küßte mich.

Schließlich trafen alle in Scotts Bude ein, und es gab den Irish-Coffee. Jean-Pierre wurde plötzlich sehr müde und ich auch. Wir verließen die kleine Gesellschaft. Scott bat um meine Telefonnummer. „Einmal die Woche mache ich ein Diner für Freunde, und ich würde dich gern mal dazu einladen", sagte er.

Jean-Pierre fuhr mich nach Hause. Er wollte noch mit ins Appartement kommen, um meine Computerbilder anzusehen, denn er ist Programmierer. Na ja, und da haben wir es zusammen getrieben. Jean-Pierre, der hübsche Austernprinz, war mein erster Franzose... Danach vertiefte er sich in ein Bild. Mir den Rücken zugekehrt, sagte er leise: „Tu aime faire l'amour, n'est-ce pas? (Du liebst gerne, nicht wahr?)" und ich sagte ja. Sein Gesicht war vor Müdigkeit schon ganz grau geworden, er wollte bald darauf gehen und entschuldigte sich, daß er die Nacht über nicht bei mir bleiben wollte. Ich hätte ihm das aber gar nicht angeboten. Schlafen tue ich am liebsten allein. Er wollte wieder anrufen.

Den ganzen nächsten Tag über wartete ich auf seinen Anruf, aber der kam nicht. Erst gegen Abend. Ich sollte zum Essen kommen und eine Flasche Champagner mitbringen. Ich war so aufgeregt, daß ich mal wieder nur die Hälfte französisch verstand. Also rief ich nochmal zurück wegen der Adresse. Jean-Pierre war völlig überrascht am Telefon. Er hatte mich nicht angerufen. Aber wer dann? Die Kombination war nicht allzu schwierig: Das war Scott!

Erst zwei Abende später rief Jean-Pierre an. Es war bereits 20.30 h und ich auf dem Sprung zu einer Verabredung. Ich hatte den Eindruck, daß Jean-Pierre betrunken war. Er wollte nicht locker lassen, ich sollte die Verabredung sausen lassen und zu ihm kommen. Er triezte mich mit ziemlich frivolen Fragen: Ob ich es lieber von hinten oder von vorne hätte? Ich lachte darüber, antwortete ausweichend, die Liebe sei wie eine Skulptur von allen Seiten schön, und vertröstete ihn auf einen anderen Abend.

Danach hat er mich nie wieder angerufen.

Nach zwei Monaten traf ihn zufällig bei einem Scott-Diner

wieder, Ludovic war auch dort. Der begrüßte mich erfreut und unterhielt sich mit mir, ganz im Gegensatz zu Jean-Pierre, der mir außer einem „Guten Abend" kein einziges Wort und keinen Blick schenkte, sondern seine ganze Aufmerksamkeit einer häßlichen Amerikanerin widmete, so daß ich mich immer unwohler fühlte, verstummte und keinen Einstieg in die Kommunikation fand. Deshalb verschwand ich ziemlich früh, da gönnte er mir noch einen überraschten Blick.

Auf dieses Verhalten konnte ich mir keinen Reim machen. Offensichtlich wollte er mich für irgendetwas in ziemlich pubertärer Weise bestrafen. Doch wohl nicht dafür, daß ich sein betrunkenes Rendezvous-Angebot abgelehnt hatte? Vielleicht wegen Scott, der inzwischen mein Freund geworden war? Aber er war es doch gewesen, der mich die ganze Zeit über nicht erreichen wollte....Seltsame Welt. Jedenfalls hatte er es geschafft, mich zu kränken und mir völlig unnötigerweise den Abend zu verderben.

Ein halbes Jahr verging, bevor wir uns noch einmal bei Scott begegneten. Jean-Pierre war diesmal ausgesprochen höflich und aufmerksam zu mir, zugleich aber auch sehr zurückhaltend. Fast schüchtern suchte er meine Nähe, so als suchte er einen Schutz bei mir, den er andererseits aber gar nicht annehmen wollte, vielleicht erwartete er eine Initiative von mir. Die wollte ich aber nicht ergreifen. Wieder sah ich in seiner Physiognomie die ganze Bandbreite vom hilflos ungestalteten kleinen Jungen über den trotzig pubertären Verweigerer bis zum seinen jungen Jahren unangemessen weisen und resignierten Mann.

Er setzte sich nicht neben mich, zwischen uns blieben drei andere Gäste. Aber wir verloren uns nie aus den Augen. Immer wieder gab es Berührungspunkte in der Konversation. Ich hatte inzwischen mit meinen Bildern eine Computeranimation gemacht, und es stellte sich heraus, daß er selbst an der Entwicklung eben dieses Animationsprogramms mitgearbeitet hatte. Entsprechend konnte er meine Leistung, einen 8-Minutenfilm hergestellt zu haben, hochachtungsvoll würdigen.

Dann erzählte er, daß seine Freundin nicht mitkommen konnte. Sie sei eine Ex-Drogensüchtige. Neulich wäre er auf einer Party gewesen, wo ein ganzer Topf voll Kokain auf dem Tisch stand. Nun muß man wissen, daß ich selbst viel mit Drogen zu tun gehabt habe. Gespritzt habe ich nie, aber Haschisch, LSD und Kokain kenne ich so gut wie andere Frauen vielleicht Basilikum, Thymian und Peperoni. Das Kokain-Thema gefiel der Gesellschaft nicht. Aufgeregt redeten alle durcheinander, bis endlich ein anderes Thema gefunden war. Jean-Pierre und ich sagten nichts mehr und warfen uns einen übergeordneten Blick zu.

Er stand auf, griff nach einem Deckenbalken und machte einen Klimmzug. Bei dieser Turnübung konnte ich erkennen, wie schmal, dünn, sein gut gebauter Körper geworden war. Das Gesicht wirkte dagegen fast ein wenig aufgedunsen. Vielleicht trinkt er, oder noch schlimmer, bekommt Bestrahlungen, dachte ich. Da machte er eine Aussage: „Depuis un demi an, moi, je ne baise plus. (Seit einem halben Jahr treibe ich keinen Sex mehr)."

„Ich schreibe", fuhr er fort. „Der XXX-Verlag hat mein Manuskript sofort akzeptiert. Im Herbst erscheint das Buch. Es geht um ein Haus. Das fängt selbst an, zu leben".

Viel, viel später kam ich darauf, woran mich das erinnert hatte: Boris Vian, *Ecume du Jour*, Schaum der Tage in Deutsch. Surreale Melancholie. Wucherndes Gefängnis des ersehnten Alleinseins, Suche nach dem Bei-sich-selbst-Sein mit einer geliebten Person in der Entfremdung, eigentlich die Suche nach der *Unmöglichkeit*. Das kenne ich so gut wie die besagten Drogen. Nur habe ich mich an diese Gefangenschaft im Laufe der Jahre gewöhnen können, sie bedroht mich nicht mehr.

Jedenfalls ist mir Jean-Pierres Problematik überhaupt nicht fremd, nein, vielleicht sind wir seelenverwandt.

Dann wollte er gehen, verabschiedete sich, war schon 10 Minuten weg, und kam wieder. Er hatte angeblich etwas vergessen. Ich stand auf. „Kannst du mich mitnehmen", fragte ich. Die Gesellschaft hielt kurz den Atem an. „Aber sicher." Und wir stiegen schweigsam die 4 Treppen hinunter in den Hof, öffneten das Eisentor mit dem Summer, und ich folgte ihm durch eine der Gassen zum Auto, wie damals. Er kramte eine Fernbedienung aus der Jackentasche. Wie immer war er für die Jahreszeit viel zu dünn angezogen. Das Leiden am Leben kriegt jeder Künstler auf seine Weise hin. Er drückte auf einen der Bedienungsknöpfe. Am Ende der Straße blitzten 2 gelbe Porsche-Scheinwerfer auf. Die Türen waren entriegelt, als wir das Auto erreichten.

Wieder bretterte ich im Porsche durch die Pariser Nacht. Jean-Pierre sagte nichts, die Musik genügte. Er erinnerte sich genau an den Weg zu meiner Haustür. Wir verabschiedeten uns mit den 4 Wangenküssen, ohne Worte. Ich sog noch einmal den Duft seines jungen, schönen Körpers ein, wie eine Frau auf Diät vor dem Konditorei- Schaufenster. Aber nein, ich bin nicht hinter seinem Körper her. Sein merkwürdiges Wesen kommt mir vertraut vor... Und ich bin ziemlich sicher, daß wir uns irgendwann wiederbegegnen werden.

Scott

Statt zu Jean-Pierre, was mir viel lieber gewesen wäre,
machte ich mich mit der Flasche Champagner auf den
Weg zu Scott, dem Fotografen.

Sein Atelier befindet sich in der berühmten Villa des Arts
zwischen Clichy und Montmartre, wo so berühmte Maler
wie Cézanne gearbeitet haben. Das hohe Gittereingangstor
zum Innenhof hat ein Nummernschloß. Man muß eine
Zahlenkombination eingeben, damit es sich öffnet.

Ich war sehr aufgeregt. Zum ersten Mal war ich von einem
Franzosen nach Hause eingeladen worden. Es sollte ein
Essen mit Gästen geben. Scott hatte ich erst ein einziges
Mal gesehen und war allein, ohne die deutsche Freundin
Luise. Ich würde den ganzen Abend französisch reden
müssen. Das ist immer schwierig, wenn alles völlig fremd
ist, und man niemanden kennt.

Trotzdem war ich mutig genug, den Schritt nach vorne zu
wagen: Ich trug meine kurzen roten Shorts aus gesteppter
Seide, einen schwarzen Rollkragenpulli, um die Taille
einen glitzernden Gürtel, schwarze Glanzstrumpfhosen mit
Naht und Lackpumps.

Heute kann ich mich nur noch an die männlichen Gäste
bei diesem Debüt-Diner bei Scott erinnern. Es gab einen
sehr fetten, unappetitlichen Mann, zwei hübsche Typen,
die ständig Sprüche klopften und einen sehr schönen
Mann mit dunklen Glutaugen, sehr elegant, ganz in
schwarz gekleidet. Mit dem wollte ich flirten. Und
zunächst klappte das auch.

Scott machte sich in der Küche zu schaffen. Wir tranken
meinen Champagner. Ich saß auf einem Stuhl neben dem
schönen Mann und unterhielt mich mit ihm. Er war sehr
höflich und an seinen Blicken konnte ich erkennen, daß
ich ihm auch gefiel.

49

Aber nach dem Essen kam alles anders. Scott winkte mich heran, ich sollte mich zu ihm aufs Sofa setzen. Ich mußte das ja tun, schließlich war er der Gastgeber.

Er ist nicht sehr groß, hat ein undefinierbares Alter, da er aber schon in den 60er-70er Jahren ein sehr begehrter Modephotograph in London war, kann man es sich ungefähr ausrechnen. Trotzdem wirkt der Mann Scott mehr wie ein Steiff-Tier. „Il est très gamin", sagen die Franzosen. *Les gamins* sind die Jungs, nicht etwa die Knaben. Er hat dunkle, kurze, etwas schüttere Haare, eine sehr hohe, runde Stirn und einen Oberlippenbart unter der Nase. Überhaupt ist an ihm alles rund und trotzdem nicht etwa weichlich, ich mochte Scott gern.

Ich fragte ihn nach seinem Vornamen. Die Gäste lachten, er hat keinen, er ist einfach nur Scott. Aber wo kommt denn der Name her, da er doch offensichtlich Franzose ist. Ich habe schottische Vorfahren, sagte er, blinzelte verschmitzt, und alle Gäste kicherten. Viel, viel später lästerte ein Freund: Scott ist der merkwürdigste Schotte, den er jemals gesehen habe. Und eine Bildhauerfreundin libanesischer Herkunft sagte, „Wenn das ein halber Schotte ist, bin ich 2 Siamesen!" Sie bestätigte meinen Eindruck: Das, was an Scott nicht französisch ist, kommt vielleicht aus dem Orient, aber ganz sicher nicht aus Schottland

Scott hat sich jedenfalls an diesem Abend in mich verguckt. Er konnte sich gar nicht mehr einkriegen, grabbelte an mir herum und hörte nicht auf, mir zu zuflüstern „J'ai envie de toi, reste ici pour la nuit.(Ich bin verrückt nach dir, bleib bei mir über Nacht)." Er ging mir nicht von der Seite. Was sollte ich machen? An den schönen, glutäugigen Mann kam ich vor lauter Scott nicht mehr heran. Ich glaube, daß der das auch etwas bedauerte, schließlich verabschiedete er sich als erster. Scott hing an mir wie ein schnurrender Kater, und natürlich war das ja auch schmei-

chelhaft für mich. Seine Annäherungsversuche hatten
nichts Bedrohliches, er war eben wie ein Kuscheltier mit
verführerisch weichem Fell und einer überaus angenehmen Stimme.

Die übrigen Gäste wußten schon gar nicht mehr, wo sie
hingucken sollten, so sehr schmuste er an mir herum, und
ich wußte nicht, wie ich ihn in die Schranken weisen sollte ohne ihn schroff abzuweisen, denn er war mir doch
keinesfalls unangenehm. Und immer wiederholte er sein
„reste, j'ai envie de toi."

Nein, nein, ich bleibe nicht. Ich bleibe nirgends über
Nacht. Daß ich den Abend viel lieber mit Jean-Pierre verbracht hätte, war schon fast aus meinem Gedächtnis entschwunden. Jahrelang geschieht gar nichts, und dann viel
zu viel auf einmal.

Scott fummelte an mir herum wie ein Kind an seinem
Lieblingsspielzeug. Er drehte und wendete mich hin und
her auf dem Sofa. Gut, daß meine rotgesteppten Shorts
Hosen sind, meine Beinkleider Strumpfhosen, und der
Pulli einen Rollkragen hat, dachte ich. Denn alle Gäste
waren Zeugen dieser Szene, die ohne meine geschlossene
Bekleidung vielleicht doch etwas Unanständiges gehabt
hätte. Weder Scott noch irgendein fremder Blick konnte
richtig rankommen an meine Haut. Aber genau da wollte
Scott hin. Schließlich fand ich mich auf seinem Schoß wieder. Wer bist du, wisperte er, was machst du mit mir? Ich
bin ein Weihnachtsgeschenk, sagte ich, un cadeau de
Noël. Denn meine Shorts kamen mir selber vor wie die
Kapuze vom Weihnachtsmann. Er drückte mich ein Stück
von sich in die Kissen: Wenn du wüßtest, wie recht du
hast! sagte er und tauchte ab in meine Augen. Mein Blick
war nicht vereist. „Reste", bettelte er.

Mittlerweile war es ziemlich spät geworden, außerdem
wurde es den anderen Gästen wohl langsam zu viel, den

außer sich geratenen Scott weiter mitanzusehen. Es gab einen allgemeinen Aufbruch.

Ich befreite mich von dem Schmusekater und fragte, ob mich jemand im Auto mitnehmen könne. Ja, die beiden hübschen Freunde erklärten sich bereit, mich zu Hause abzusetzen. Scott blieb allein zurück. Er tat mir leid.

Am nächsten Morgen habe ich ihn angerufen und gefragt, ob er nicht zum Frühstück kommen wolle. Er kam mit dem Motorrad, ich kochte Nescafé, er sagte: „J'ai la gueule de bois. - Ich habe einen Kater". Seitdem sind wir befreundet.

Das Wiedersehen

Ich war mal wieder mit Freund A. in der Cinémathèque de
Paris verabredet. Leider hatte mich ausgerechnet an die-
sem Vormittag das Frauenleiden befallen. Ich fühlte mich
nicht gut, und sagte ab. Kaum hatte ich den Hörer aufge-
legt, klingelte das Telefon. „Bonjour, c'est Jean-Pierre."
Jean- Pierre? „Jean-Pierre - l'ami de Ludovic!" Natürlich,
Jean- Pierre, klar, das Wunder war geschehen, nach einem
halben Jahr. „Was machst du heute nachmittag", fragte er.
Ich stotterte herum, hatte ich doch soeben A. abgesagt.
Aber ich erinnerte mich blitzschnell daran, daß bei Jean-
Pierre immer alles unerwartet, schnell und sofort sein
muß. Würde ich jetzt absagen, käme der nächste Anruf
vielleicht in 10 Monaten. Ich sollte zu ihm nach Hause in
die Wohnung kommen, er gab mir die Adresse. Ich mußte
nur vorher noch auf die Bank, weil ein Feiertag vor dem
Wochenende lag. Er sagte, „ok, mais viens vite. (Aber
mach schnell.)"
Natürlich war ich aufgeregt. Warum hatte er mich plötzlich
nach all der Zeit angerufen und ausgerechnet an einem
Tag, an dem ich mich unwohl fühlte? Beim letzten Scott-
Diner hatte er doch behauptet, daß er nicht mehr an Sex
interessiert ist. Sollte der Anruf etwas mit dem Kokain zu
tun haben?
Nach der Bank stieg ich ins Taxi, Richtung Avenue Mac-
Mahon, Étoile. Dort war ich mit A. schon mal im Kino
gewesen. Im Taxi bemerkte ich, daß ich meine Scheckkar-
te am Bankschalter vergessen hatte...
In einer kleinen Seitenstraße von der Avenue fand ich die
Hausnummer und stieg mit klopfendem Herzen in die 2.
Etage. Da stand sein Name an der Tür, ich klingelte, Jean-
Pierre machte auf. Er gab mir keine Begrüßungsküßchen.
Ich erkannte sofort, daß er nicht mehr so aussah, als ob er

Bestrahlungen bekommt.

Ich betrat ein kleines Appartement, durch einen winzigen Flur ging es in ein Arbeitszimmer, das eine offene Tür zum Duschbad hatte. Hinter einem riesigen Schreibtisch zwischen deckenhohen Bücherborden saß noch jemand. Ein Mann, nach meiner Einschätzung ein Orientale, mit flächigem Gesicht, das keine Miene verzog, und zwei Goldkettchen, eins am Handgelenk und das andere um den Hals. Er wirkte untersetzt, trug ein Jeanshemd, unter dem Tisch sah ich nackte Füße. Aggressiv kam er mir nicht vor, trotz der massigen, körperlichen Präsenz. Er regte sich einfach nicht, sagte nicht Guten Tag, lächelte nicht, die Augen blieben unbeteiligt.

Jean-Pierre holte 2 schwarze Ikea-Klappstühle, und wir setzten uns auf die andere Seite vom Schreibtisch, wie Antragssteller auf dem Amt. Jean-Pierre gab mir ein Bier und ein Glas und sagte auch nichts. Er fing an, zu telefonieren, wählte eine Nummer und wartete schweigend auf die Verbindung. Da kam eine weiße Perserkatze dazu. Sie wollte nicht aufhören, mich anzumauzen. In dieser völligen Funkstille zwischen den Anwesenden machten sich meine Augen auf den Weg durch den Raum. Zwei unbeteiligte Männer, zwei Bücherborde, 2 Telefone, eine Stereoanlage für Laserdisks, ein Teppichstück, ein Sofa mit Nesselschonbezug, vermutlich wegen der Katze, Bilder an den Wänden: 2 Bleistift-Aktzeichnungen wie vom Bildhauer persönlich, ein Tim und Struppi-Poster, eine Bleistiftzeichnung von einer Menschenmenge. Die gefiel mir nach Tim und Struppi am ehesten. Ein Fenster mit Lamellenrollo, zugezogen. Licht kam aus einer dieser Halogen-Dimmlampen. Nicht, daß wir im Dunklen saßen an diesem sonnigen Herbsttag, nein, wir saßen im hellen Kunstlicht. Ich blickte auf das eineinhalb Quadratmeter große Flurstück und ortete drei weitere Türen, eine zum Klo, angelehnt wegen der Katze, eine zur Küche, offen, die dritte war verschlossen.

Als Jean-Pierre zuende telefoniert hatte, bat ich darum, einen Anruf bei der Bank machen zu dürfen, wegen der Scheckkarte. Sie lag noch am Kassenschalter, beruhigenderweise.

Jean-Pierre warf dem Orientalen einen unmerklichen Blick zu. Mit langsamen Bewegungen rückte der die Schachtel einer Laserdisk vor sich hin auf den Schreibtisch, hinter dem er mittig mit aufgelegten Ellenbogen saß. Seine Bewegungen waren so unsichtbar, daß ich nicht rekonstruieren kann, woher das kleine, weiße Mini-Kuvert gekommen ist, aus dem er jetzt nicht bedächtig, noch weniger als selbstverständlich, vielleicht nur einfach so, wie eine Uhr tickt, regelmäßig, leidenschaftslos, den weißen Stoff in nicht unbeträchtlicher Menge auf die Plexiglashülle schüttete. Mit der Telefonkarte fing er an zu hacken. Jean-Pierre telefonierte wieder. Die Katze mauzte. Würden sie mir wirklich eine Line anbieten? Ich habe doch seit mindestens 3 Jahren nicht mehr gekokst, und ich weiß, wie teuer das Zeug ist.

Der Orientale teilte den Haufen in vier Lines. Warum vier, wir waren zu dritt. „Hinter der verschlossenen Tür schläft jemand", sagte Jean-Pierre, mit der Hand vor der Telefonmuschel. Der schweigsame Orientale schob mir die Plexiglashülle mit den 4 Lines und ein abgeschnittenes Stück MacDonalds-Strohhalm zu. Selbst diese Bewegung war so verhalten, daß das Goldkettchen am Handgelenk nicht wackelte. La Civilisation Française, on laisse passer les dames d'abord. Französische Höflichkeit, Frauen haben den Vortritt. Ich zitterte vor Aufregung, mußte wegen dem dämlichen Telefon aufstehen, um an die Line heranzukommen, mich über die Telefonschnur beugen, den Strohhalm ergreifen. Ich nahm das rechte Nasenloch und hielt mir das linke zu. Ich schaffte die Line nicht in einem Zug. Stück für Stück sniefte ich sie weg. Jean-Pierre, immer noch am Telefon auf eine Verbindung wartend, zog sich die Unterlage heran und sniefte seine Line in einem Zug durch. Dann, als letzter, sniefte der Orientale, der die Laserdisk-Unterlage mit den beiden Lines zu sich zurückholte wie auf dem fliegenden Teppich, ohne sich zu rühren. Er sniefte wie Jean-Pierre, nur in Zeitlupe. Die vierte Line tat er in eine aufgebröselte Zigarette. Geraucht habe ich Kokain noch nie. Ich zog deswegen wenig.

Die verschlossene Tür ging auf, ein Mädchen erschien. Pierres Freundin. Sie war verkatert und ging unter die Dusche. Dann mußte sie weg.

Der Orientale öffnete einen Minibriefumschlag nach dem anderen. Alle 5 Minuten gab es einen neuen Snief. Noch nie im Leben habe ich so etwas erlebt. Er mußte ein Dealer sein. Kein Konsument kann das bezahlen. „Was kostet so ein Gramm" fragte ich ihn. „700 frs", antwortete er tonlos. Und wir waren bereits beim fünften.

Der Orientale stand auf und ging ins andere Zimmer. Jean-Pierre lief hin und her. Ich saß allein am Schreibtisch. Jean-Pierre kam zurück. „Wo sind seine Sachen, die Scheckkarte zum Hacken, sein Glas und seine Zigaretten?" Wir fanden alles, Jean-Pierre verschwand. Und ich, sollte ich nun am Tisch allein sitzen bleiben? Ich sah mich um. Die verschlossene Tür war geöffnet. Ich sah die beiden auf dem Matratzenlager liegen. Ich stand auf und ging hin. „Guckt ihr jetzt fern oder was", fragte ich noch, und dann sah ich, daß sie ein Pornovideo eingeworfen hatten. Ich hockte mich ans Fußende. Jean-Pierre verließ den Raum, um Tee zu kochen. „Komm her", raunte, flüsterte es, ich weiß nicht das richtige Wort für diese regungslose, stimmlose Äußerung des Orientalen. „Nein, nein, ich bleib hier sitzen", sagte ich. „Magst du es, wenn man dich sodo-

miert?" hauchte er, ich sagte ja. „Magst du es, wenn man
dir die Zunge zwischen die Beine tut?" - „Ja", sagte ich.
„Dann magst du alles gern, was ich mag." Trotzdem blieb
ich am Fußende des Lagers sitzen. Jean- Pierre kam
zurück. „Ça va venir, das wird schon noch", sagte er.
Und wieder und wieder und wieder wurde gesnieft.
Nachdem ich erst gedacht hatte, der tut soviel Koks raus,
um in mir eine neue Kundin zu finden, wurde mir jetzt
sonnenklar, daß dieser orientalische Dealer Sex wollte.
Komisch, daß er aber zu überhaupt keiner Verführung
fähig war.
Schließlich lag ich zwischen den beiden auf dem Lager,
Jean-Pierre sagte noch, daß Pornos eigentlich nicht nach
dem Geschmack der Frauen seien...Dann zogen sie mir
erst den Pullover und dann den Rock aus. 20 Lines snieft
man nicht umsonst. Ich lag also da, in meinen Glanzstrumpfhosen mit dem türkisen Tangaslip darüber und
dem schwarzen Oberteilkorsett und mußte eine Erklärung
abgeben. „Heute ist mit mir nichts zu machen, das ist
wirklich bedauerlich, aber ich kann euch beiden Vergnügen bereiten..." Und so kam es, daß ich mit der linken
Hand den Sex von Jean-Pierre und mit der rechten den
des Orientalen streichelte. Doch der wollte mehr. „Suce-le
(mit dem Mund)", raunte er, und ich machte mich an die
Arbeit. Dabei mußte ich Jean-Pierre den Rücken zukehren.
„Suce-le", wiederholte er. Ich wußte plötzlich nicht, ob er
seinen Sex oder den von Jean-Pierre meinte und vielleicht
nur zusehen wollte, wenn ich Jean-Pierre suciere. Ich hörte auf und drehte mich zu Jean-Pierre und fragte nach.
Erstaunlicherweise versagte mir die Stimme nicht, sie kick-
ste nur etwas, „möchtest du, daß ich dich suciere?" Ein
wenig verlegen antwortete er „Negativ."
Ich wandte mich also wieder dem erregten Glied des
Orientalen zu. „Ich möchte dich sodomieren", legte er mir

ins Ohr. „Nein, negativ, ich mach dir alles, aber ich will nichts." Ich sucierte ihn, er ging ins Badezimmer, um den mit Spucke vermischten Resterguß vom Hemd abzuwaschen. Alles hatte ich nicht schlucken können.

Jean-Pierre hatte das Lager verlassen. Seine Freundin war zurückgekehrt, und er blieb bei ihr am Schreibtisch im Arbeitszimmer.

Der Orientale kam zurück aufs Lager. Der Pornofilm ging weiter. Er bereitete eine neue Line zu. Unter der Decke legte er schon wieder Hand an sich, als auf dem Bildschirm zwei Frauen miteinander Sex trieben. Ich fragte ihn, ob ihn das erregen würde. Positiv. Ob ich sowas auch machen würde. Positiv. „Aber dann machst du alles", sagte er, und, ob die Deutschen wohl in dieser Hinsicht freier seien? Negativ, das kommt, wie überall auf der Welt, auf die Personen an...

Das schlimmste im Leben ist die Unschuld. Ich habe meine nicht verloren, nein, ich habe meine systematisch abgebaut, denn ich verachte sie. Ich will immer wissen, was ich tue. Und ich wußte genau, was ich tat, dort bei Jean-Pierre auf dem Lager mit dem unattraktiven Orientalen, der so großzügig Kokain zum Besten gab. Ein sehr fremder Mann. Ich sucierte ihn zum zweiten Mal. Beim dritten Mal hat er geschrien. Der Regungslose. Sucer à fond, deep throat, das ist anstrengend. Ich stand auf, als er zum dritten Mal im Bad verschwand.

Während ich vor dem schwarzen Spiegel mein Make-Up richtete, kam er zurück und legte sich wieder auf die Matratze. Sein Gesicht zeigte plötzlich Regung. Da lag ein kleiner, verlorener Junge zu meinen Füßen. Mit glänzenden Augen wie zur Weihnachtsbescherung lächelte er verklärt „du bist wunderbar, ich möchte mich bedanken." Gnädig neigte ich mich herab, küßte ihn flüchtig, nein nicht flüchtig, luftig, schmetterlingshaft, astral, nur nicht erdig, auf die Stirn: „Nein, ich bedanke mich für deine Großzügigkeit." Und trotzdem brachte er sein Bedauern darüber zum Ausdruck, daß er mir nicht in gleicher Weise Vergnügen machen konnte. Vielleicht ein anderes Mal??

Der fremde, regungslose Orientale mit den Taschen voller Kokain, das heißt, mit einem Bein im Gefängnis, lag da wie ein Lämmchen aus dem Kinderprogramm. Die ganze Härte der Situation hatte sich aufgelöst eine Szenerie von Heidi und dem Geißen-Peter. Da fehlte nur der gütige Großvater. Und den spielte Jean-Pierre perfekt, als ich mich verabschiedete.

Ich glaube nicht, daß eine Fortsetzung folgt.

Der Taxifahrer

In Paris ein Taxi zu bekommen, ist nicht ganz so einfach. Es gibt keine Funkzentralen, die man anrufen kann. Die meisten Taxenstände bestehen nur aus einem Schild. Am besten ist es, sich einfach an die Straße zu stellen, in der Hoffnung auf den Zufall. Wenn man aber mit Gepäck zum Flughafen muß, ist das sehr nervenaufreibend, weil man nicht weiß, wie man die Zeit kalkulieren soll.

Merkwürdigerweise habe ich mit Taxen immer Glück. Ich habe einen Taxifahrer kennengelernt, der ein Autotelefon hat. Wenn er gerade eine Fahrt macht, geht er nicht ran, aber ich kann meine Bestellung aufs Band sagen. Sein Name fängt mit S an, und er ist ein schöner Mann, der sich viele Gedanken macht. Da ich nun schon öfter mit ihm gefahren bin, haben wir uns angefreundet.

Neulich hat er mich besucht und legte mir seine Theorie vom Lernen dar. Die klang etwas spinös und hatte viel mit Energie aufnehmen, richtig atmen, sich öffnen und anderen zusammengebastelten Ritualen zu tun. Ich hörte ihm zu.

Er saß mir gegenüber an meiner Bar in der Küche, er hatte Kuchen mitgebracht und wollte, daß ich ganz viel esse. Dann erklärte ich ihm mein Bildermalen am Computer. „Im Leben bin ich jemand, der eher folgt als bestimmt. Am Computer kann ich Befehle geben, und der führt die dann auch aus. Das ist angenehm, das tut der Psyche gut."

Er lachte.

Sein Lachen war heruntergeschraubt von seinen verschrobenen Theorien, es war einfach. Im Lachen konnten wir uns begegnen. Sein Reden hatte mich angestrengt.

Schließlich merkte er, daß es Zeit war, sich zu verabschieden. Ich entriegelte und öffnete die schräg abgeschnittene Eisentür meiner Mansarde, und wir gaben uns die französischen Wangenküsse.

Ich weiß nicht mehr, was es war, er entdeckte noch einen
Anlaß zu einer Frage, die uns in den Raum zurückführte.
Dann, wieder an der Tür, tauschten wir zum zweiten Mal
die Wangenküsse aus. Aber diesmal lösten sie sich aus der
Anonymität. Er umarmte mich persönlich. Und mir wurde
sofort klar, wenn ich jetzt nichts unternehme, um auf
Distanz zu gehen, dann ist es mal wieder soweit. Ich suchte nach einem Trick. Denn ich mochte ihn und wollte ihn
nicht verletzen. Aber mir fiel nichts ein.

Irgendwie war ich darüber verzweifelt. Jede Frau fühlt sich
wohl in den Armen eines schönen Mannes, auch wenn er
spinöse Ideen hat. Aber ich wollte nicht, ich wollte einmal
stark sein, relativieren und selektionieren können. Er hielt
mich immer fester und küßte mich nicht auf die Wangen
sondern auf den Mund. Genauer: in den Mund. Seine
Zunge füllte meine ganze Mundhöhle aus, die Umarmung
wurde streng und starr. Ich fühlte sein wachsendes Glied
zwischen den Stoffen der aneinandergedrückten Körper
und wußte, jetzt ist es zu spät. So kann er nicht mehr
weggehen.

Er drückte mich zurück in den Raum, setzte mich auf den
Barhocker und sagte, wie ich atmen sollte. „Maintenant
c'est moi, qui commande.. (Jetzt befehle ich..)" Er preßte
sich gegen mich und wiederholte eindringlich die Worte
„voyage, voyage (reise, reise)." Und ich dachte, der will
mich hypnotisieren. Dann legte er seine Hand kenntnis-
reich zwischen meine Beine und sagte: „Et maintenant il
faut travailler ... là... (da... muß jetzt gearbeitet werden...)"
Er zog mich ganz und gar aus, sich selbst auch, und wir
landeten auf dem Gästebett. Es war schön mit ihm. Ich
turnte auf ihn drauf, und er flüsterte, „laisse-toi aller, tu
peux jouir, tu peux crier (laß dich gehen, es darf dir kommen, du darfst schreien)", aber er sagte das wie ein Predi-

ger, und ich hatte den Eindruck, daß er das mehr zu sich selbst als zu mir sagte. Sein Körper war sehr angenehm. Als er unter die Dusche ging, bemerkte ich plötzlich, daß meine schräge Wohnungstür noch offen stand....

Gestern abend hat er mich wieder besucht. Er hielt keine langen Vorträge. Wir tranken Tee und scherzten entspannt. Dann nahm er mich wunderschön in seine Arme und wieder spürte ich sein Teil wachsen. „Sacrée Dagmar", sagte er. Wörtlich übersetzt heißt es heilige oder geheiligte Dagmar. Diesen Ausdruck gebraucht man hier oft. Für deutsche Ohren klingt das sehr ungewöhnlich, wir kennen höchstens „heiliger Strohsack", und das bedeutet ja etwas ganz anderes.

Diesmal freute ich mich auf den Sex mit ihm. Wir trieben es lange, ausführlich und genüßlich. Das war kein einfaches *baiser* kein *Bumsen*, das war *faire l'amour.* - „Wenn man es so macht, kann es dir 40 bis 50 mal kommen, das ist Tantra", sagte er. Da mußte ich schmunzeln. 40 mal, das wäre mir dann doch zu viel.

Aber dieses Gefühl, ich werde noch mal verrückt daran. Vielleicht bin ich es längst? Als er ging, umarmte er mich liebevoll. „Ich werde dich nicht vergessen", sagte er. Ich fand das sehr nett von ihm und dachte mir gar nichts dabei, höchstens „il ne manque que ça..(das fehlte gerade noch..)"

Neulich mußte ich zum Flughafen und rief seine Autotelefonnummer an. S. fährt nicht mehr Taxi.

Bei der Frauenärztin

Mein Ex-Geliebter A. und die Freundin Luise hatten sich gegen mich verschworen. Eigentlich können sie gar nicht so viel miteinander anfangen, aber sie hatten sich zusammentelefoniert und einen Plan ausgeheckt, wie man mich endlich zum Arzt kriegen könnte. Mein übermäßiges Zittern, Flattern, meine Nervosität und gleichzeitige Müdigkeit, meine Antriebslosigkeit machten ihnen Sorgen. Tatsächlich schleppte ich mich mehr durch die Zeit, als daß ich in ihr lebte. Drei Monate lang hatte ich unaufhörlich geblutet. Und neuerdings stellten sich Schmerzen dazu. „Also, wenn du jetzt nicht zum Arzt gehst, werde ich wirklich böse", donnerte A. sehr glaubwürdig ins Telefon. Ich gehe nie zum Doktor, weil ich Angst habe. Mein Lebenswandel ist nicht normal. Ich rauche wie ein Fabrikschornstein und saufe wie ein Loch. Alles, was sich unter meiner Haut abspielt, ist mir unheimlich. Meine Innereien ekeln mich an. Biologie, besonders *Menschenkunde* war schon in der Schule mein verhaßtestes Fach.

Wenn ich jetzt zum Arzt gehe, findet der nur heraus, daß ich innen völlig verfault bin, dachte ich. Ausweichend sagte ich: „Ich kenne überhaupt keinen Arzt in Paris, und ich will nicht zu einem männlichen Gynäkologen, wenn überhaupt, gehe ich nur zu einer Frau." Aber besonders mein Exgeliebter blieb streng, und unerbittlich suchte er mir eine Frauenärztin aus den *pages jaunes*, den Gelben Seiten, heraus, deren *cabinet*, die Praxis, direkt bei mir um die Ecke ist, neben der English Pharmacy in der rue Castiglione, die vom Place Vendôme zu den Tuilerien führt. Er buchstabierte mir die Telefonnummer und sagte, „ich rufe dich nachher nochmal an, um zu kontrollieren, ob du auch wirklich einen Termin ausgemacht hast." Natürlich hatte ich nichts dergleichen unternommen. Aber er insistierte 2 Tage lang. Andauernd fragte er nach, ob ich nun endlich bei der Ärztin angerufen hätte. Ich erfand eine Ausrede nach der anderen, und wenn mir dieser Bereich *spéciale femme* (nur für Frauen) nicht plötzlich wieder so schrecklich wehgetan hätte, wäre ich bis heute medizinisch unversorgt.

Ich glaube nicht, daß irgendein menschliches Wesen auf dieser Welt in der Lage ist, meinen Horror vor dem ersten Telefonat mit der Ärztin nachzuvollziehen.

Leider bekam ich unerwarteterweise sofort einen Termin. Und das ganze Chaos meines Lebens bildete sich deutlich vor mir ab.

Zum Beispiel besitze ich überhaupt keine anständigen Unterhosen. Während meiner Lehrtätigkeit bei den Jesuiten hatte ich mir ein Geheimnis gemacht: Ich ging zur Arbeit, durch die Gänge, in die Kapelle, Trepp-auf, Trepp-ab durch das Schulgebäude ohne Unterhosen, immer mit dem absolut amüsanten Gefühl: „Ach, ihr heiligen Männer, die ihr mir andauernd vorspielen wollt, ihr könntet ohne leben, wenn ihr wüßtet, daß ich gar nichts drunter habe..."

Na ja, ich habe das unterhosenlose Dasein beibehalten und besitze nur string-slips zur Animation im erotischen Spiel. Und überhaupt, wie laufe ich eigentlich herum, in meinem Alter? Als Künstlerin steht man immer irgendwie daneben. Ich wollte die bürgerliche Ärztin aber nicht schockieren, hatte Angst davor, daß sie in mir die Rebellin erkennt. Ich will aber keine Angst machen. Nach 20 Jahren Freiheitskampf muß ich mir trotzdem darüber im Klaren sein, daß ich eine eindeutige Ausstrahlung habe.

Ich kaufte mir eine Unterhose und zog zum Rendezvous mit der Ärztin ein braves, gelbes Kleid mit langem Rock an. Darüber eine schwarze, taillierte Kostümjacke und einen schwarzen Ledergürtel.

In der Nacht vor dem ersten Besuch bei der Frauenärztin

mit der piekfeinen Adresse tat ich kein Auge zu. Seit sechs
Jahren bin ich nicht mehr untersucht worden. Jetzt kommt
alles heraus, dachte ich, was mache ich nur, wenn ich jetzt
Krebs oder Aids habe, oder wer weiß beides? Und ich
dachte an die Worte von A.: „Il faut regarder les choses en
face... (man muß den Tatsachen ins Auge schauen...)"
In der rue Castiglione tat sich ein großzügiger, eleganter
Innenhof auf, der Fahrstuhl war aus Glas und hatte Mes-
singrohre zum Festhalten, denn er ging an der Außen-
wand hinauf bis in den 6. Stock. Ich traute mich gar nicht,
hinauszusehen. Dann klingelte ich an der Praxistür und
sagte meinen Namen ins Sprechfunkgerät. Der Summer
ertönte, die Tür öffnete sich durch meinen Händedruck,
ich trug die kleinen schwarzen Spitzenhandschuh.
In Hamburg, in einer Eimsbüttler Eingeborenenkneipe, hat
mich einmal ein Besoffener gefragt, „was machst du denn
mit solchen Handschuhen in so einer Kneipe?" - „Die sind
angewachsen", hatte ich geantwortet.
Ich betrat einen schönen, großzügigen Raum mit Kamin
und zwei Balkons, die auf die rue Castiglione gingen. Hier
war ich auch unter dem Dach, aber nicht so, wie in meiner Mansarde. Es gab einen schweren Bücherschrank mit
lauter CD-Platten. Aus der Ecke tönte klassische Musik, leise und diskret, der Fußboden bestand aus diesen roten
Tonkacheln, die wie Parkett zusammengesetzt waren. „Ça
s'appele des tommettes (diese Kacheln heißen tommettes)",
war ich seinerzeit von A. belehrt worden. Auf meine Antwort „Bist du sicher, daß sie nicht tomates, Tomaten,
heißen?" hatte er wieder mal streng mit den Augen gerollt:
„Du hast wirklich nur Unsinn im Sinn!"
Wie gern hätte ich in diesem seriösen Wartezimmer mit
der klassischen Musik nur Unsinn im Sinn gehabt! Ich
betrachtete die Truhe zwischen den beiden Balkons. Das
war eine Schiffstruhe. Auf den Schubladen stand etwas

geschrieben. *Tide-Table* auf der einen, und auf der untersten *Plymouth*.

Ich setzte mich in die tiefe, schwarze Ledercouch. Auf dem niedrigen, langgestreckt rechtwinkligen Tisch aus Glas (oder eher Kristall), lagen Zeitschriften. Vogue, Madame, Tim und Struppi-Bände und ein Special über Michael Jackson, den Unnahbaren. Daneben Broschüren über die Symptome der Meno-Pause. Die sah ich mir an und kam zu dem Schluß, daß ich alle Symptome hatte. Ach, wenn es denn nur das wäre, dachte ich.

Da ging die Tür auf, drei Frauen kamen heraus, ich sagte Guten Tag, und die drei schwätzten sich zur Ein- oder Ausgangstür. Eine blieb. Sie hatte dunkle, kurze Haare, war in meinem Alter, und winkte mir mit der Hand. Ich sollte ihr voran gehen. Ins Behandlungszimmer. Diesmal werde ich nicht in einem feuchten Keller fertiggemacht, dachte ich, nicht von einem oder zwei Geliebten, sondern von einer Dame Doktorin, die keinesfalls einen weißen Kittel trug.

Ich nahm ihr gegenüber am Schreibtisch Platz auf einem viktorianischen Holzstuhl. Sie nahm meine *Personalien* auf und notierte die Beschwerden. Das tat sie mit einem Füller, der ein völlig abgekautes Ende hatte.

Meine Phantasie hörte nicht auf, mir Bilder zu produzieren. Ich sah sie in der Tradition einer Arztfamilie, ich sah einen haudegenhaften Großvater, ich sah ihre Bemühung, eine professionelle Identität zu behaupten, und gleichzeitig sah ich, daß sie Angst davor hatte, ein kleines Mädchen zu sein, nicht das Zeug zu einem *Mann* zu haben, einem Haudegen. Wie wird das ausgehen?

Eine Ecke des Sprechzimmers war mit einer *spanischen Wand* abgetrennt. Dort stand ein etwas banalerer Stuhl neben dem gynäkologischen. „Bitte gehen Sie jetzt dahin", sagte sie zu mir, „und ziehen sie sich ganz und gar aus."

Ich dachte an den so lange nicht mehr gehörten Befehl meines Ex-Geliebten „Mets-toi à poil, salope! (Ausziehen, bis auf die Haut, Schlampe!)"

Hinter der spanischen Wand zog ich alles aus, und setzte mich dann auf den gynäkologischen Folterstuhl. Sie zog sich Gummihandschuh an, ich hatte meine *mitaines*, die schwarzen Spitzenhandschuh mit allen Kleidern abgelegt. Sie fummelte sich in mich hinein.

Sie hätte nichts Schlimmes entdecken können, sagte sie nach der Untersuchung. Aber sie hätte ein *frotti* gemacht, und das müßte eingeschickt werden. Ich wußte nicht, was ein Frotti ist. Sie steckte aber gewissenhaft ein graues Korkquadrat, ungefähr 10 mal 10 Zentimeter groß und 5 Millimeter hoch, in einen Umschlag. Später begriff ich, daß da irgendeine Probe von mir drin war, die in ein Untersuchungslabor eingeschickt werden sollte.

Danach horchte sie mich nach meinen Lebensgewohnheiten aus. In etwas abgemilderter Form sagte ich die Wahrheit über mein Rauchen und Saufen. Nicht, daß sie die Hände über dem Kopf zusammenschlug, nein. Ich solle mir das Rauchen abgewöhnen, „il faut s'habituer à sucer d'autres choses... (man muß sich daran gewöhnen, an etwas Anderem zu suckeln...)" Und dabei machte sie mir Haudegen-Augen. Dann sagte sie noch, ich solle morgens nach dem Husten immer ausspucken und fragte, „savez-vous cracher ou crachez-vous comme une petite fille? (Wissen Sie denn auch, wie man richtig ausspuckt, oder spucken Sie wie ein kleines Mädchen?)"

Als ich das später A. erzählte, der immer gepredigt hat „il faut sucer les bites à fond, (du mußt an der Männlichkeiten suckeln, bis ganz hinten..)", und im Akt schrie „crache-moi dessus... (spuck' mich an...)", war er schwer beeindruckt von diesen zweideutigen Anspielungen der großbürgerlichen Ärztin, die sich maskulin kräftig und überlegen darzustellen versuchte: „Nous, les médecins, nous possédons aussi des potions magiques (wir Ärzte verfügen auch über Zaubertränke)", eine vielversprechende Anspielung auf den Druiden, den Magier, aus dem Asterix-Comic, und zwinkerte mir komplizenhaft ermutigend zu, so als könne ich mich darauf verlassen, daß sie mir schon die richtigen Drogen verschreiben würde. Sowas hat mir noch kein deutscher Arzt vermittelt.

Der Computerdoktor

In einer Praxis für Röntgen-, Echolot- und sonstige Spe-
zialuntersuchungen trat ich wieder einmal in ein Ambiente
ein, das mich an Versailles erinnerte. Kamine, riesige Spiegel, die sich in sich selbst spiegelten und den Raum
unendlich machten, dicke Teppiche, Second-Empire-
Stühle im Wartezimmer.

Für die Echolot-Untersuchung meines Unterleibs mußte
ich 1 Liter Wasser trinken. Die gefüllte Blase bietet dann
einen dunklen Hintergrund, vor dem sich das Uterus-
Geschehen am Computerschirm exakt abbilden kann.

Um das genaue Maß zu haben, hatte ich mir eine Flasche
Perrier-Wasser gekauft. Das ist eine Literflasche. Nie im
Leben habe ich mir ausmalen können, wie schwer es ist,
einen Liter Wasser auf einmal auszutrinken. Mir war richtig
übel, vor allem von der Kohlensäure.

Dann wurde ich aufgerufen, *Monsieur Fedderke*, wieder
einmal war mein Vorname Dagmar als Männername verstanden worden. Dagmar, so wie Oskar, der Familienvater,
der erste Katzen-Comic-Held meiner Kindheit.

Ich, Katzenvater Oskar, den Bauch voller Wasser, erhob
mich und entschuldigte mich dafür, kein Mann zu sein.

Ein Doktor nahm mich in Empfang. Er hatte die Haude-
gen-Art besser drauf als meine großbürgerliche Ärztin vom
Place Vendôme.

Er führte mich in einen abgedunkelten Raum mit lauter
Apparaten. Wie heißen Sie, fragte er, und ich, in diesem
ganzen Wahn, hätte fast *Oskar* gesagt.

Dieser Arzt machte mir Augen auf mein gelbes Kleid.
„Zieh dich aus, mein Mädchen", sagte er. Schon wieder,
dachte ich und fragte „Alles?" Er antwortete schmunzelnd:
„vor allem untenrum." Dann verschwand er. Ich zog die
Kostümjacke und das gelbe Kleid aus. Die Strümpfe mit

dem Selbstkleberand und die Schuhe behielt ich an, genauso wie das kleine, schwarze Taillenkorsett.

Er kam zurück, ich mochte ihn sehr gern, er erschien mir wie Mercier und Camier, die beiden Beckett-Figuren, in einem. Ich war mir auch klar darüber, daß ich ein wenig verführerisch aussehen mußte, in meiner Halbnacktheit. Er sah mir in die Augen. Er liebt die Frauen, die er untersucht, dachte ich, und hatte keine Angst mehr. Er beugte sich über mich. „Ist es Ihnen zu kalt in diesem Raum?" - „Nein", antwortete ich, „ich mag es gern, wenn es kühl ist." Er kündigte an, daß er mir jetzt Öl, eine kalte Flüssigkeit, auf den Bauch träufeln würde. Ich sollte mich nicht darüber erschrecken. Dann nahm er ein Gerät, es kam mir vor wie die Maus vom Computer, und rollte damit über den öligen Bauch. Dabei beobachtete er den Computerschirm und runzelte die Stirn. Mit der Hand und der Maus auf meinem Bauch konzentrierte er sich auf die Bilder. Ich mochte nicht hinsehen. Diese Bilder am Schirm hatten zu viel Ähnlichkeit mit meinen Computermalereien, mit meiner Kunst. Da kannst du mal sehen, dachte ich so bei mir, wie wahr deine visionären Bilder sind, deine *inneren Landschaften*. Soviel Wahrheit wollte ich gar nicht wahrhaben.

Doktor Mercier und Camier in einem drückte mit seiner Maus auf meinem eingeölten Bauch herum, und der Computer gab ihm Zweifel. „Das ist merkwürdig", sagte er, und drückte und drückte auf meinen Bauch, während er sich völlig auf den Bildschirm konzentrierte. Schließlich hörte er auf, nahm meine Spitzenhandschuhhand, um mir aufzuhelfen, wie in der Tanzstunde, und blickte mich wieder sehr beeindruckend an. „Sie müssen jetzt bestimmt ganz dringend (faire pipi)", sagte er, und er hatte recht. Das Rumgedrücke auf dem Bauch mit dem Liter Wasser in der Hintergrundblase, er wußte alles. Er wußte, was ich durchgemacht hatte.

Ich zog das gelbe Kleid über und floh, eilte zum Klo.
Doktor Mercier und Camier, Sie haben mich so angesehen, als ob ...

Ein paar Tage später mußte ich wegen Röntgenaufnahmen
der Lunge noch einmal dorthin. Er erkannte mich gleich
wieder, obwohl ich diesmal nicht das gelbe Kleid trug. Ich
hatte eine Frage an ihn, denn inzwischen stand fest, daß
ich operiert werden mußte. Es war mir so vorgekommen,
als ob seine Diagnose nicht eindeutig war. Er meinte dann
auch, es müsse noch weitere Untersuchungen geben,
bevor man mich unter das Messer des Chirurgen liefern
sollte. Er nahm mich beiseite, taxierte mich von oben bis
unten, und ich ihn auch. Und wieder sah er mich so an,
als ob...

Dann mußte ich zurück ins Wartezimmer mit den Versail-
les-Spiegeln, es dauert immer eine Weile, bis der Bericht
geschrieben ist, den der Patient dann in die Hand
bekommt, und wieder mal nichts davon versteht. Zwi-
schendurch erschien der Doktor im Türrahmen, seine
Augen suchten nach mir, ja, ich war noch da. Sein Blick
fing mich ein. Er lächelte, nickte mit dem Kopf und verschwand wieder.

Diesmal verstand ich jedenfalls, daß meine Lunge völlig in
Ordnung ist, trotz meiner exzessiven Raucherei. Um so
besser für mich, dachte ich erleichtert.

Ich liebe mich, ich bin mein kleines verstecktes Schmuck-
stück. Manche Männer können das erkennen. Und ich hatte den Eindruck, daß der Computer-Doktor mich entdeckt
hatte. Was könnte ich tun, um eine Mann-Frau-Begegnung
herbeizuführen? Einen Brief schreiben, vielleicht, oder auf
der Praxistreppe warten, bis er irgendwann mit der Arbeit
aufhört und in *Zivil* auf die Straße geht. Sicher hat er sein
Auto auf einem Abonnentenplatz im unterirdischen Park-

haus der Avenue de L'Opéra, gleich neben der Praxis.
Und fährt dann heim zu Frau und Kindern... Da habe ich
doch gar keine Chance.
Ich verließ das repräsentative Marmortreppenhaus mit Gla-
stüren und dem dicken Teppichboden, meine Gedanken
formulierten einen Brief.
Cher Docteur ...
Ich glaube nicht, daß ich zu feige bin, irgendeine Initiative
zu ergreifen. Aber manchmal fürchte ich, immer kindi-
scher zu werden, immer verrücktere Sachen zu machen,
weil ich soviel allein bin, und mir zuviel vorstellen kann.
Meine eigentliche Krankheit liegt wahrscheinlich nicht im
Uterus sondern im Realitätsverlust. Jedenfalls erlaubte ich
dem Brief nicht den Weg aus meiner inneren Gedanken-
Landschaft in den Postkasten.

Laredje

Was für ein Wort! Wie Lutscher und Lakritz, lautmalerisch und lustig. Wie gern würde ich einmal wieder etwas Lustiges erleben! Im Moment ist mein Leben so: Es ist krank. Mein ganzer Körper verändert sich, ich habe Angst, daß mir die Raucherbeine bis zum Knie abfallen, meine adlerartige Sehkraft ist dahin, ich benutze irgendwelche Brillen. Warum kann ich das Rauchen und Saufen nicht aufgeben? Irgendwann ist es zu spät. Was für eine grauenhafte Vorstellung, beide Beine bis zum Knie amputiert, Sehkraft gleich Null, das a-typische Gewebe in meinem Uterus arbeitet gegen mich. Woher kommt das eigentlich, warum hat es sich entwickelt? Der chronische Durchfall, die neue Haut-Allergie auf dem Dekolleté, die sich in Richtung Kehlkopfstelle rankt... Ich bin ein Bild des Jammers.
Ich habe Sehnsucht nach *laredje* und werde mich einfach an meinen zweiten Taxifahrer erinnern, den hübschen, 28-jährigen Araber mit der wunderbaren Haut, so glänzend braun und weich wie mein Lieblingslakritz...er könnte mein Sohn sein...
Bei seinem ersten Besuch brachte er weiße Rosen mit, weiße Blumen mag ich ganz besonders gern, und einen Glücksbringer zum An-die-Wand-hängen: ein goldenes Schriftzeichen, in einen runden Goldlitzenrahmen geritzt. Und dann bretterten wir in seinem Privatwagen, einem goldenen Volvo, durch die nächtliche Lichterstadt in ein kleines asiatisches Restaurant. Damals war ich schon mitten in der gynäkologischen Krise. Wieder bei mir zu Hause angelangt, konnte er mich nicht penetrieren, aber ich tat ihm gut.
Beim zweiten Mal ging es mir besser, dachte ich, und ließ mich verführen. Es fing wunderschön an und endete in einem unvorstellbaren Blutbad. In mir war wieder irgend

was kaputtgegangen. Wir waren beide gleichermaßen erschrocken, entsetzt, völlig hilflos gegenüber diesem, meinem, unheimlichen Brunnen, aus dem sich literweise warmes Blut auf das Bett ergoß, und wir lagen mitten drin. Mein armer, schöner Araber wurde trotz seines zarten Alters nicht hysterisch. Das hat mir sehr imponiert. Seitdem haben wir nur telefoniert, ich erfinde immer neue Märchen, um ihn zu vertrösten.

Gestern abend guckte ich gerade im Fernsehen *Batman* an. Ich hatte mir das Telefon zur Seite gestellt, denn ich erwartete einen Anruf. Als es klingelte, mitten in diesem wunderbaren Film, hob ich also den Hörer ab, obwohl ich einen Anrufbeantworter habe.

Da meldete sich aber niemand anders als der hübsche Araber. Er stehe vor meiner Tür, und ich könne ihn jetzt nicht abweisen. Trotz der Kälte hätte er sich zu mir aufgemacht, ohne Auto, der goldene Volvo ist in der Zwischenzeit einem Totalschaden zum Opfer gefallen. Ich zierte mich und sagte, daß ich schon im Bett läge. Aber er drängte: „Wer weiß, was kommt, du sagst immer, dann und dann und dann, und dann ist nie. Jetzt bin ich hier, und bitte, weis' mich nicht ab." Wie gern hätte ich den wunderbaren Batman-Film zuende gesehen. Aber, obwohl ich schon eine halbe Flasche Wein intus hatte, sagte ich: „Gib mir 10 Minuten."

Es war wirklich sehr kalt und schon nach 10 Uhr abends. Er stand vor dem Haus, vor der großen, verschlossenen Holztür zu meinem Hinterhof. Der Ärmste sah verfroren aus. Die gelbbräunliche Haut der Araber bekommt dann einen grünlichen Aspekt. Ich hatte mich dick eingepackt, und wir gingen ins Café Royal Opéra, bei mir um die Ecke. Ich trank einen Jasmin- und er einen Pfefferminz-Tee mit viel Zucker. Das wärmte uns auf, und wir tauschten einen Schluck aus. Seine seidige Lakritzhaut glänzte im goldenen Lampenlicht, da war nichts Grünliches mehr, eher etwas Rosiges. Er sah wirklich besonders hübsch aus an diesem Abend. Seine Wahrnehmung muß ähnlich gewesen sein: „On dirais, que tu es devenue encore plus jolie depuis notre dernier rencontre (es ist, als ob du seit unserem letzten Treffen noch hübscher geworden bist)", sagte er mit einem hinreißenden Lächeln. Das sollte mich sehr wundern, dachte ich, aber vielleicht können die Lampen zaubern und sogar mir schmeicheln...

Dann begleitete er mich nach Hause. Er zog mich hinter das große Holztor in den Hof. Wir küßten uns im Dunkel der kalten Nacht wie Teenager vor der Haustür. „Bitte, nimm mich mit zu dir hinauf, wir haben nie wirklich Sex machen können, und wenn du es heute auch nicht willst, dann bitte ich dich, laß mich wenigstens einmal deinen Körper berühren, ich verspreche dir, dann gehe ich."

Ich spürte den warmen Dampf seiner arabischen Erregung, sein jugendlicher Unterleib wand und wogte sich fast wund an der Undurchdringlichkeit meiner europäischen Winter-Verpackung. Und ich sagte immer wieder „nein."

Plötzlich kam jemand in den dunklen Hinterhof. Es war der Ober vom Restaurant rechts nebenan. Der glaubte an Gespenster, wenn nicht an Gangster, und hat sich mächtig über uns erschrocken. Nachdem er mich erkannt hatte, grinste er, und wir sagten Guten Abend. Und dann tat er das Selbstverständlichste von der Welt, er drückte auf den Lichtknopf. Mein Verliebter und ich sahen uns hilflos an. Er küßte mich wie zum Trotz gleich noch einmal. Da öffnete sich plötzlich der Hintertür des japanischen Restaurants linksnebenan, und wie die 40 Räuber aus dem Sesamberg traten die mir wohlbekannten 11 indischen Angestellten heraus: Feierabend. Im Gänsemarsch defilierten sie an mir in den Armen des Arabers vorbei. Der eine ist etwas größer, der andere klein, der eine dunkler, der andere kräftig, und alle nickten mir zu und sagten achtungsvoll aufmerksam ihr höfliches: „Bonsoir, Madame - guten Abend, Madame, guten Abend, Madame, guten Abend, Madame", eben 11 mal.

Mein Umarmer sagte gar nichts mehr. Ich packte sein Jackenrevers, zog sein trotz der Kälte erhitztes Gesicht zu mir herab, gab ihm noch 2 warme Wangenküsse, und dann verließ er völlig verwirrt als 12.Mann den Hinterhof. Wenigstens haben alle mitgekriegt, daß ich ihn nicht mit zu mir nach oben in die Wohnung genommen habe, dachte ich und seufzte leise *laredje...*

Die ganze Situation war wie ein Film, wie ein Märchenfilm? Ich in den Armen eines jungen Mannes, der mein Sohn sein könnte, die heißen Küsse im Hinterhof, der erschrockene Franzose, das Licht und die elf Inder im Gänsemarsch, wie die Sieben Zwerge, ich fand das alles zu komisch. Und doch ein wenig kompromittierend?

Aber ganz und gar nicht. In Paris haben nur die wirklich guten Frauen einen schlechten Ruf:„la mauvaise réputation, c' est la meilleure", der ist der beste, wurde mir glaubhaft versichert.

In der Frauenklinik

Hatte mich das Unterhosenproblem vor dem Besuch der
Frauenärztin bereits gequält, so kamen jetzt, vor dem Kli-
nikaufenthalt, noch viel mehr Ängste hinzu. Wenn man
schon solche Todesangst davor hat, bei der Operation
könnte etwas schief gehen, möchte man sich irgendwie
nobel ausstatten. Nobel geht die Welt zugrunde. Wie zieht
man sich an für den Untergang?
Ich besitze zwar einen grünen Kattun-Schlafanzug aus den
50er Jahren, aber mit dem gehe ich spazieren. Ein Nachthemd, ein Nachthemd, ich habe kein Nachthemd. Und
einen Morgenrock? Meine brüchige, blattgrüne Antiquität
aus Miami mit dem Loch am linken Ärmel ist nicht mehr
hoffähig. Außerdem muß fürs Krankenhaus alles weiß
sein.
Wenn ich überhaupt Unterwäsche besitze, ist sie schwarz
wie der Nagellack auf meinen Fingernägeln. Ich kaufte
also eine hübsche, weiße Unterhose aus Seide für das
große Ereignis der Operation, 2 aus braver Baumwolle für
das Danach (falls es das geben würde), und suchte verzweifelt nach dem, was noch fehlte. Im Monoprix kaufte
ich weiße leggings. Die abgeschnittenen Strumpfhosen
sollten die Schlafanzugshosen sein, in den Galéries Lafay-
ette fand ich ein seidenes Männeroberhemd als Oberteil
dazu. Und der Morgenrock? Liebe Luise, den hast du bei-
gesteuert, und nie im Leben werde ich dir das vergessen.
Ich probierte meine Krankenhausmode im Spiegel aus.
Das seidene Männerhemd war, entsprechend seinem niedrigen Preis, dünn und durchsichtig. Das geht nicht, dachte
ich, ich bin in Frankreich, einem Büstenhalterland, und
kaufte einen aus eierschalenfarbener Spitze.
Ich hatte den Taxifahrerfreund angerufen. Er kam zu spät.
Der Verkehr war zusätzlich verzögernd. Ich kam zu spät

in die Klinik. Aber die Verspätung war noch viel schlimmer als gedacht. Ich kam nach 18 Uhr, für 18 Uhr war ich bestellt, und hätte schon um 15 Uhr dasein müssen. Der Taxifahrer verabschiedete sich. Ganz allein, ganz allein mit all meiner Angst gab ich mich der Ordnung des Krankenhauses hin. Kein Freund, kein Händchen konnte mir helfen, obwohl ich in einer Klinik in Neuilly war, dem feinsten Viertel von Paris, luxuriös in einem Einzelzimmer mit Telefon und Fernseher. Meine Ängste waren unzählbar. Eine wunderschöne, braune Schwester in weißen engen Hosen und weißem Hemd darüber hatte mich ins Zimmer gebracht. Meinen kleinen Lederkoffer hatte ich noch nicht abgestellt, da erschien ein sehr kleiner, älterer Mann. In meinem Wahn dachte ich an *Zwerg Nase* aus dem Andersen-Märchen, und war völlig verwirrt über seine Worte: „Je suis Monsieur La Télévision. (Ich bin Herr Fernseher.)" Er schloß mir das Gerät an und kümmerte sich ebenfalls darum, daß ich eine Leitung ins Telefon erhielt, obwohl ich zu spät gekommen war. Er konnte deutsch, und als er so vor mir stand, sah er zu mir auf und deklamierte: „Ich hab mein Herz in Heidelberg verloren, in einer lauen Sommernacht." Er sang nicht, obwohl eigentlich alle Franzosen bei jedem Anlaß singen. Er sprach das Lied wie ein Gedicht und ließ die laue Sommernacht nicht wie die meisten unerwähnt. Dann blickte er mir tief in die Augen. „Wenn Sie irgendetwas brauchen, sagen Sie es mir, Monsieur La Télévision kann Ihnen alles besorgen." Was hat er gemeint, Schnaps vielleicht oder gar Kokain, jedenfalls ist man im Krankenhaus sowieso an der Drogen-Quelle. Aber vor lauter Angst wollte ich gar nichts.

Als er gegangen war, stellte ich fest, daß es keine Handtücher gab. Die hätte man selbst mitbringen müssen und auch ein Fieberthermometer. Warum hat mir das keiner gesagt? Warum haben Sie mich für 18 Uhr bestellt und nicht für um drei, was korrekt gewesen wäre. Denn, wie sich herausstellte, müssen vor einer Operation verschiedene Untersuchungen gemacht werden.

Mein Koffer war immer noch nicht ausgepackt, da ging die Tür auf, und ich traute wieder meinen Augen nicht. Ein dunkelhaarig frisierter, dreitage-Bart-unrasierter Bilderbuchschwulcr wie aus dem rosa Hotel *Zum Bösen Buben* im Marais trat ein, in Jeans und einem massiven schwarzen Lederblouson über dem strahlend weißen T-Shirt, am Hals glänzte das obligatorische Goldkettchen. Er zog einen Karren hinter sich her. Ich brauchte eine Weile, um zu begreifen, daß es sich um einen Arzt handelte, den Kardiologen. „Ziehen Sie sich aus", sagte er. Ich hatte noch gar keine Zeit gehabt, in die neuen weißen Sachen zu schlüpfen. Als ich meine Hand an den schwarzen Slip legte, schrie er entsetzt auf: „Nein, den nicht, den können Sie anbehalten!" Dann verkabelte er mich mit dem Karren. Heraus kam eine Art Fieberkurve auf Millimeterpapier. Heute wäre ich in der Lage, sie mit einer persischen Handschrift zu vergleichen. „Sie haben ein gutes Herz", sagte er, und ich dachte an den für Ungläubige verbotenen Satz *Gott sei Dank*. Trotzdem ging eine verhaltene Aggression von ihm aus. Er war neugierig auf meinen Beruf, meine *profession*, und ich zeigte ihm einen Katalog mit meinen Computerbildern. Er wich davor zurück, als hätte er den Teufel gesehen. Am liebsten hätte er sich wohl den schwergepanzerten Lederarm vor die Augen gehalten. „Das ist zu hart! Abstrakt, und dann noch schwarz-weiß!" Versöhnlich fügte er hinzu, „de toute façon, ce ne sont pas des images d'une femme simple (das sind jedenfalls nicht die Bilder einer einfachen Frau)." Dann rief der Anästhesist an. Er war schon nach Hause gefahren. Es ist aber üblich, daß er mit dem Operationsopfer vor der Vollnarkose redet. Er fragte mich nach anderen

Krankheiten und Operationen aus. Ich bin nur einmal vorher im Krankenhaus gewesen, mit 13, wegen Beinbruch. „Haben Sie mir etwas mitzuteilen?" fragte er, und ich wußte, was ich nun bekennen mußte, die Ausmaße meiner Sünden mit Tabak und Alkohol. „Ich bin gleich bei Ihnen", sagte er.

Mein Koffer mit der weißen Krankenhausgarderobe war immer noch verschlossen, und ich mußte meine normale, schwarze Unterwäsche zum zweiten Mal zeigen, als mir der Blutdruck gemessen wurde. Das tat eine Schwester, die verdutzte mich völlig mit dem Kommentar: „Ihr Blutdruck ist fabelhaft. Sicherlich treiben Sie viel Sport!" Und das mir, die ich mich doch nie herausrühre aus dem Minimum an maßgeschneiderten Quadratmetern einer Mansarde für eine Frau, die nicht größer als 1,65m ist und sich trotzdem andauernd den Kopf stößt. Rauchen und Saufen schaden mir vielleicht gar nicht, dachte ich.

Dann kam der Anästhesist. Er war elegant angezogen, Tweedjackett und Fliege. Er kam und hielt mir die Hand. „Sie haben Angst vor der Operation, deshalb bin ich noch einmal hergekommen. Ich werde Ihre Vollnarkosendosis finden." - „Vielleicht brauche ich jemanden der mich aufweckt", sagte ich, und meinte eigentlich den frühen Morgen vor der Operation, aber er verstand das anders: „Ich werde Sie wieder aufwecken. Erst schläfere ich Sie ein, und dann wecke ich Sie wieder auf. Die Schwester wird Ihnen ein Beruhigungsmittel für die Nacht geben."

Endlich konnte ich meinen Koffer auspacken, mich umziehen in das Krankenhaus-Weiß. Merkwürdig, dachte ich, die Ärzte haben alle Straßenkleidung an, nur die Schwestern sind in Weiß, und legte mich ergeben ins Bett: *Gott sei Dank* bin ich allein.

Die dritte oder vierte oder fünfte Erscheinung an diesem Abend war die Nachtschwester, die mir zunächst angenehm wenig zu essen brachte und zum Nachtisch das Medikament zum Schlafen. Sie war alt, bucklig und besorgt, wie eine *sage femme* (wörtlich: eine weise Frau, zugleich Hebamme) oder wie eine, allerdings liebe, Kräuterhexenfigur aus Grimms Märchen. „Prenez ce petit cadeau. (Nehmen sie dieses kleine Geschenk.)"

Ich nahm es. In dieser Nacht vor der Operation schlief ich im 2-Stunden-Rhythmus mit dem Gefühl, ich bin zu müde zum Aufwachen. Im Nebenzimmer schrie eine Frau vor Schmerzen, sie schrie nach ihrer Mutter. Die bucklige Nachtschwester rief zurück, „je prépare quelque chose pour toi! (ich bereite etwas für dich zu!)" Und andauernd habe ich geträumt, aber ich kann mich nur an den letzten Traum erinnern. Da befand ich mich in einer Frauenklinik mit lauter runden rosa Betten. Das sah zunächst sehr nett aus, aber dann kam ein Gitter, und ich spürte eine Aggression. Im Halbschlaf zwischen Traum und Wirklichkeit am nächsten Morgen dachte ich, Gott sei Dank bist du nicht in einer Frauenklinik. Als ich die Augen öffnete, befand ich mich aber genau dort.

Die Bucklige kam wieder mit einem *Geschenk.* Ich wankte ins Bad, man hatte mir ein Geschirrhandtuch gegeben, putzte die Zähne und legte ein wenig Make-up auf die schlechte Gesichtshaut. Dann kam ein schwarzer Pfleger mit einer Rollbahre. Ich saß völlig verdrogt auf der Bettkante. „Den Morgenrock müssen Sie ausziehen, und die Schlafanzughosen auch, der Operationssaal ist steril, da dürfen keine überflüssigen Kleider rein." Ich mußte mich zurück aufs Bett legen und eine Rolle-Vorwärts auf die Bahre machen, von wegen Sport! Dann wurde ich durchs ganze Haus gerollt, in den Fahrstuhl, in den Operationssaal. Rolle-Rückwärts auf den Operationstisch.

Der Raum war dunkel und dicht bevölkert von grau-grünen Männern, alle mit Handschuhen, Masken und Schür-

zen, die ich im Gegenlicht sah, denn es gab einen Schein-
werfer, ein Halogenlicht, das auf mich gerichtet war. Alle
starrten mich an. In diesem Bild war ich die Hauptperson.
„Ziehen Sie Ihr Nachthemd aus." Ich konnte nicht mehr
denken. Und der so tief in mir sitzende Spruch *mets-toi à
poil, salope*, fiel mir bei diesem Striptease nicht ein. Ich
fummelte völlig somnambulisch an den Knöpfen des
Oberhemds, da trat mein Chirurg ein, mein Schlächter, der
einzige, der mich nicht besucht hatte vor dieser Katastro-
phe. Er machte Witze, alle lachten, aber ich hatte wieder
mal nichts verstanden, außer, daß er gute Laune hatte.
Umso besser für mich.

In meinem völlig verdrogten Zustand fiel es mir schwer,
all die Knöpfe von dem Hemd aufzukriegen. Ich entschied, jetzt ziehst du dir das Ding über den Kopf. Und da
kam der Büstenhalter zum Vorschein. „Oh, nein!" schrie
die grau- türkise Mannschaft aus dem Dunkel, „der muß
ab." Der Anästhesist hatte mir bereits eine Spritze verpaßt,
und ich kann mich nicht erinnern, wer das für mich übernommen hat.

Als ich aufwachte, war wieder alles weiß, die schöne,
braune Schwester mit dem Namen Venedig stand mit dem
Tropf neben mir. „Wissen Sie, wo Sie sind?" - „Ja, in dem
Zimmer von heute morgen." Während sie meinen linken
Arm ans Gerät schloß, hielt mir der Anästhesist die rechte
Hand. Ich war wieder wach, wieder da, und erhielt per
Fleurop einen Blumenstrauß wie für tausend Mark, wie für
eine Geburt, aus München, von meinem ersten, allerersten
Geliebten, dessen Frau an viel schlimmeren Gyno-Proble-
men letztlich verstorben ist. Ich fühlte mich nach der Ope-
ration euphorisch gesund und hätte am liebsten sofort
geraucht.

Als erster kam Monsieur La Télévision zu Besuch. Er warf
einen Blick auf den Blumenstrauß: „Sie sind eine Frau, die

geliebt wird", und wollte wissen, ob ich einen Ehemann
habe. Damals war ich noch stolz auf meine Unabhängig-
keit, und etwas später konstatierte er nachdrücklich: „Sie
brauchen einen sehr intelligenten Mann."

Am Nachmittag kam mein Freund und Ex-Geliebter. Er
hatte, wie immer, eine Haltung parat, erheiterte mich mit
Witzen und wußte instinktiv, daß er nicht zu lange bleiben
durfte. Ein „kleines Geschenk", ein Medikament, hatte
meine Euphorie vom Vormittag in die Verlangsamung der
Sprache am Nachmittag verdreht.

Am nächsten Tag eröffnete man mir, daß die Operation
gut verlaufen sei, nur das, was heraus sollte, sei leider
drinnen geblieben. Die Operation sei also keine heilende
sondern eine diagnostische gewesen und somit nicht
umsonst.

Ich konnte nach Hause. Ich kam kaum die Treppen hoch.
In meiner maßgeschneiderten Mansarde überkam mich ein
unheimlicher Ekel. Ekel vor dem Dreck der verräucherten
Bude nach dem sterilen Weiß im Krankenhaus. Ich bekam
Angst, mich an meinem eigenen Dreck zu infizieren.
Schließlich schleppte ich eine frische Wunde im Unterleib
mit mir herum, auch wenn sie noch so sinnlos war.

Auf dem Anrufbeantworter waren 9 Nachrichten, drei
davon vom Freund und Ex-Geliebten.

Mit verstellter Stimme meldete er sich als Kommissar Leca-
mier von der Polizeiwache. Man hätte den Verdacht, daß
ich in meinem Appartement unerlaubterweise professionelle Hingabe leisten würde. Er bat um Rückruf mit der
vagen Androhung, mich ausweisen zu müssen aus Frankreich, wenn ich nicht auch mit ihm... Im zweiten Anruf
imitierte er einen Fremden mit deutschem Akzent, der sagte, er habe von meinem erotischen Roman gehört, ob ich
sowas nicht auch mal mit ihm machen könne?... Im dritten
Anruf stellte er sich als Monsieur Lebrun vom Gare du

Nord vor. (Der Nord-Bahnhof von Paris, mit dem er mich immer aufzieht, dort sei die Endstation meines Schicksals als Billignutte.) „Sie können morgen anfangen, donnerstags sind auch ein paar jugendliche Freier dabei." Ich mußte lachen. Immer wieder bringt er mich zum Lachen, was sonst keiner mehr schafft, griff zum Telefon, und machte dem ersten der drei Männer, dem Kommissar, mein Angebot auf seinen Anrufbeantworter. Danach fühlte ich mich sehr allein, und trotz der gelungenen Erheiterungsversuche ganz besonders von ihm alleingelassen.

Danach

Nachdem A. mich auf hochdramatische, für mich tragische Weise verlassen hatte, gab es wieder eine leise, vorsichtige Annäherung. Wir sahen uns ab und zu und telefonierten, meistens morgens, ziemlich früh, denn ich kenne seine Gewohnheiten in- und auswendig. Sein Radio-Wecker holt ihn jeden morgen um viertel nach acht aus dem Schlaf. Er zieht sich die Klamotten vom Vortag an, setzt die Kaffeemaschine in Gang und fährt mit dem Fahrstuhl aus dem sechsten Stock hinunter zum Briefkasten. Die Post kommt um halb neun. Zu seinem weißen Becher mit schwarzem Kaffee sieht er die Korrespondenz durch. Ins Bad geht er erst danach. Sonntags stellt er den Radio-Wecker ab und schläft 5 oder 10 Minuten länger, weil es ja doch keine Post gibt. Trotzdem fährt er dann mit dem Fahrstuhl hinunter, um sich eine Zeitung und Croissants zu holen. Es gibt zwei Sorten, *au beurre* (mit Butter gebacken) oder *ordinaire*, die einfachen. Er nimmt immer die ohne Butter, wegen des Colesterins.

A. ist, obwohl Künstler, ein Mann der Ordnung. Seine Wohnung ist immer staubfrei und geometrisch aufgeräumt. Wenn Bankauszüge kommen, holt er die gesammelten Carte-Bleu-Belege hervor und hakt ab. Die abgehakten Zettel zerreißt er dann und wirft sie in den Papierkorb, genauso wie alle Briefumschläge und Kurznachrichten, die er offensichtlich mühelos im Kopf speichern kann. Bei ihm sammelt sich nie Nutzloses an, und deshalb liegt auch nichts herum.

Bei mir ist das ganz anders. Ich liebe Ordnung, kriege aber keine hin, kann mich selbst von Nutzlosem nicht trennen, hasse Saubermachen, so daß meine Umgebung über kurz oder lang immer wieder zu einer wilden Landschaft von Zetteln, gesammelten Briefen, angehäuften Zeitungen, abgelegten Pullovern und Jacken über Stuhllehnen, längst kaputtgelaufenen Schuhen und leeren Schachteln zusammenwächst. In einem Fach sammle ich die Plastiktüten für den Müll, das geht schon fast nicht mehr zu. Meine leeren, immer gleichen Parfümflaschen bilden bereits einen ansehnlichen Wald, und meine abgeschnittenen Fußnägel füllen zwei Filmdöschen. Neulich wollte sich ein Freund ein französisches Asterix ausleihen. „Warte", sagte ich, „da sind bestimmt noch Zettel drin", und so war es auch. „Der hier sieht ja aus wie deine Geburtsurkunde", scherzte er und hatte recht.

„Du kannst nicht selektionieren", urteilte ein Freund im ersten Semester meines Studiums in Münster, „du kannst die Spreu nicht vom Weizen trennen." Er meinte aber nicht die Zettel und Zeitungen zwischen den Zeugnissen oder umgekehrt, sondern meine *Männerbekanntschaften*. Er hielt sich für den Besten und wollte in meinem Universum hervorgehoben sein. Er war aber gar nichts Besseres. Und wenn ich dazu neigen würde, Unwichtiges auszusortieren, dann hätte der Ärmste überhaupt nichts abgekriegt. A. war ein Jahr lang mein hervorgehobener Liebhaber und Freund. Ich habe mich an seiner Ordnung erholt. Auch wenn sie im erotischen Bereich die Form der *Züchtigung* annahm. Er rückte mich zurecht für seine Plaisirs wie in einem Sessel. Und ich liebte das, was mir fehlt: seine Bestimmtheit. Er fragte mich ständig nach meinen Vorlieben ab. Was gefällt dir besser, dies, jenes, oder das, und zwang mich zu Entscheidungen, die mir so wenig liegen. Als er mich neulich zum Essen im Restaurant abholte, wollte ich einmal entschieden sein und mich nicht zum anschließenden Besuch einer Partouze (organisierten Orgie) bereit erklären. Wir bummelten durch eine der Straßen, und ich begann zaghaft: „Weißt du, manchmal habe ich gar keine Lust mehr auf Sex." - „Wie bitte", schrie er, daß es die ganze Gasse durchhallte, „du und keine Lust auf Sex?", drängte mich in irgendeinen Hauseingang, hob den weiten Rock meines Kleides hoch, griff in meine *fesses* (Pobacken) und küßte mich überwältigend. So rückte er mich zurück in seine Welt, und mein Widerstand landete wie die Geburtsurkunde im Asterix-Comic-Heft.

Das Partouze-Lokal war in meinem Viertel, wir waren dort noch nie zuvor eingekehrt, es kostete weniger Eintritt als das an der Porte Maillot, das wir so oft besucht haben. Ich dachte, vielleicht treffe ich Nachbarn. Aber so war es nicht.

Es gab weniger Lager als an der Porte Maillot, niemand war nackt, ein bibberndes, älteres Paar zog sich die Pornovideos rein wie bittere Medizin. In der Mitte befand sich ein Hochbett mit Säulen. Es war noch leer. An der Bar lungerte ein anderes Paar, sie von den Antillen, er eingeborener Frankreich-Franzose.

Die beiden gingen als erste zur Sache. A. hatte das schnuppernd ausfindig gemacht. Wir gesellten uns dazu. A. machte sich an ihrer *chatte* zu schaffen, aus den Hosen des fremden Franzosen ragte ein feuchtes Teil hervor, ich küßte die Brüste der Braunen und griff mit der behandschuhten Hand nach dem glitzernden Teil, das rosa aus dem Hosenstall ihres Begleiters heraussproß. Und dann machten sie sich über mich her. Sie griffen in mein Dekolleté, kneteten meine hellen Brüste, hoben den Rock meines Kleides hoch und *er* schob den Slip beiseite. Während die Braune meine linke Titte küßte, führte der Fremde seine Finger in meine chatte.

A. beobachtete das Schauspiel und manipulierte erregt an sich herum: Der Fremde wühlte sich immer tiefer und heftiger in mich hinein, und die Braune liebkoste meine Brust nicht mehr, sie kniff und knetete brutal. Ich wand mich aus einer Stellung in die andere, um weniger Schmerzen zu haben, aber die *Bedienung* der beiden folgte mir nach. Schließlich, halb am Boden liegend, konnte ich mich entwinden. Ich umarmte die Braune, die einen sehr schönen Körper hatte, wie einen Rettungsring. Sie blieb steif. „Warum hast du aufgehört", fragte sie, „il branle bien, il suce bien, il baise bien (er wichst gut, er leckt gut, er penetriert gut)." Aber ich war völlig am Ende.

Warum hat mich diese Szene so aufgeregt? Ich war doch weder auf ihn noch auf sie *scharf*. Es war wie ein Schauspiel. Ist A. immer noch mein Regisseur? Aber warum erlebe ich diese Erregung, obwohl sie mit der Befriedigung von meinem Sex nichts zu tun hat?

A. schlug einen Lokalwechsel vor, wollte in unser vertrautes Etablissement an der Porte Maillot fahren. Ich verabschiedete mich von dem Brutalen und seiner Braunen. Er sagte: „Du bist wunderschön angezogen", und ich sah ihn zum ersten Mal richtig an, seine durchgedrückten Knie, seine in die Welt gesetzte, stramme Körperlichkeit, und ich mußte an Militär und Gewalt denken, die gnädig tut. Die Braune kommentierte, „on dirait, qu'il soit tout emu de toi (es sieht ganz so aus, als sei er völlig gerührt von dir.)" Ich gab ihr die Wangenküsse zum Abschied, A. und ich verließen das Lokal.

Auf der Straße sagte ich zu ihm, das sei gar kein einfacher Gruppensex gewesen, die beiden hätten mich dominiert, sie hätten mir wehgetan. Und er erzählte, daß sich der Franzose nach dem Durchwühlen meines unteren Innersten ein Taschentuch aus der Hose gezogen habe, um sich die Hand abzutrocknen. Er lachte darüber und sagte, „es ist ja auch unglaublich, wie feucht du in der Erregung wirst." Einmal, bei ihm zu Hause, hatte er mich nach einer Domination penetriert. Anschließend lag ich in seinen Armen, und er kommentierte: „Man hat den Eindruck, als triebe man es mit weicher Butter." Und ich dachte, vielleicht ist das schlecht für ein Glied, wenn es keinen rauhen Widerstand spürt.

Ich erinnerte mich an meine Kindheit. Mein Vater, anno dazumal Pommernmeister in Leichtathletik, wollte eine Sportskanone aus mir machen. Meine Fesseln seien fürs Laufen gemacht, behauptete er und widmete sich den Waden: „In der Entspannung müssen sie so weich sein wie Butter", sagte er, und wabbelte daran herum. „Jede Massage und jedes Kratzen, jede Berührung des Körpers darf nur in eine Richtung gehen: Immer zum Herzen hin." Er hatte dabei die Blutzirkulation im Sinn.

A. wollte jedenfalls weiter, in unser vertrautes Partouze-Etablissement, er hatte noch nicht genug. „Ich weiß nicht, ob ich nicht lieber nach Hause will", mauzte ich schüchtern. „Wie du willst", antwortete er, und ich empfand seine Enttäuschung darüber.

A., der mich zur Unterwerfung verführt hat, der mir nach einem Jahr völlig verrückter Szenarien von einer Sekunde zur andern gesagt hat, es sei aus und vorbei mit den Dominationen, er habe Angst, mich umbringen zu müssen, wenn das so weiter ginge.

Und plötzlich konnte ich wieder einmal nicht an mich denken. Ich kenne seine Veranlagung, Erregung und Plaisir nur in der Domination finden zu können, und manchmal entdecke ich seine tiefe Verzweiflung darüber. Aber genau diese Verzweiflung macht ihn mir so vertraut. Ich fragte ihn also, ob es ihm denn wirklich Vergnügen machen würde, ins Dix Bis, das andere Partouze-Lokal zu fahren. „Aber ja", bestätigte er. Und da konnte ich nicht mehr nein-sagen, vor allem weil ich wußte, daß er noch nicht auf seine Kosten gekommen war.

Wir nahmen ein Taxi. Aber es war völlig verrückt, das Dix Bis war ausgebrannt, an der Fassade schwarze Schwaden über zubetonierten Fensterhöhlen. A. und ich sahen uns an. Zum Taxifahrer sagte er, „es hat hier einen Unfall gegeben, wir fahren noch weiter", und mich fragte er „kommst du mit zu mir, oder soll ich dich bei dir absetzen?" Ich weiß nicht, warum, aber er tat mir plötzlich leid, und ich hatte das Gefühl, ihm guttun zu müssen. Nicht meinetwegen sondern seinetwegen fuhr ich mit zu ihm. Dort tranken wir Champagner und hörten wiedermal Jerry Lee Lewis und Elvis-Platten an. Mit Tränen in den Augen fragte er mich: „Glaubst du, daß ein Mann zwei Frauen lieben kann?" Das ist eine schwere Frage.

Immer wenn ich nur *einen* Mann geliebt habe, ist es schlecht ausgegangen. Ich sagte „ja", und dachte an all meine Geliebten, die ich in unterschiedlichster Weise gleichzeitig wirklich liebe und schätze. Aber ob das die Liebe ist? Manchmal zweifle ich daran, ob ich selbst zur Liebe fähig bin, zur großen Leidenschaft. Vielleicht bin ich zu feige dafür, vielleicht ist es ein Fehler, die großen Leiden umgehen zu wollen.

Nachts im Bett sagte A.: „Ich will das nicht mehr, ich will dich nicht mehr hauen, aber wenn ich dich da so liegen sehe...es ist stärker als ich...ich muß dich schlagen", und versetzte mir eine heftige *baffe* (Ohrfeige). Dann befahl er: „Parle, il faut que tu parles (rede, du mußt reden)", und ich versuchte es: „Ich habe viel Liebe in mir, und ich glaube, daß diese Liebe zuviel ist für eine einzelne Person. Deshalb sende ich meine Liebe lieber ins All..."

Als ich während des Studiums einmal Angst hatte, ein Kind zu kriegen, lästerte ein Freund, „wenns ein Junge wird, nenn' ihn doch Mr. Universum", und ich hatte ihm gekontert „das sagst du ja nur, weil du nicht weißt, wer der Vater ist.."

Ich streichelte A. behutsam und sagte, „obwohl du es liebst zu dominieren, tu es très doux (bist du sehr zärtlich)." Er bezog das auf seine Haut, die in der Tat sehr zart ist. „Nein", widersprach ich, „nicht deine Haut, das, was in deinem Kopf ist, deine Psychologie."

Am nächsten Morgen gab es statt der Post die Sonntags-Croissants, und dann fuhr ich mit dem Taxi nach Hause.

Gespenster

Gestern waren A. und ich im Kino, es gab ein Horror-Film aus den 50-Jahren. *The uncredible shrinking man*, ein zugleich aufregender und deprimierender Film. Das philosophische Ende konnte ich nicht als tröstlich empfinden. A. hatte mich schüchtern gefragt, ob es mir recht sei, nach dem Horror-Film bei ihm zu Hause zu essen. An meinem *Ende der Welt* von früher.

Nach dem Film kamen wir im Appartement an, er hatte ein neues Sicherheitsschloß einbauen lassen, und dann zeigte er mir all die anderen Veränderungen an meinem Ende der Welt von damals. Seine Tochter ist inzwischen volljährig geworden, er hat ihr ein eigenes Zuhause eingerichtet, ihr ehemaliges *Zufluchtszimmer*, in dem er mir immer das geliebte *mets-toi à poil, salope* (auszieh'n, Schlampe) befohlen hat, ist nun zu einem Eßzimmer umgebaut. Nur der Blick aus dem Arbeitszimmer, auf die Schornstein-Skyline, ist derselbe geblieben. Nur steht er plötzlich wie an einer anderen Stelle.

Wir aßen an dem antiken Holztisch, den er ins neue Eßzimmer verfrachtet hatte. „Was ist hier los mit der Akustik", fragte ich, „das hallt so."- „Na ja, es ist hier immer noch ein bißchen leer.." Vielleicht vermißt er seine ausquartierte Tochter mehr, als man denkt.

Meine Augen fielen in den Teller. Er hatte mir wieder viel zuviel aufgetan. So ein gehäufter Teller wirkt auf mich wie eine Bedrohung. „Du weißt doch, daß ich nicht soviel essen kann!" Meine Worte kamen heftiger hervor, als mir lieb war, vielleicht klangen sie sogar gereizt. A. verstummte und rollte richtig erschrocken verlegen mit den Augen. Er tat mir leid. „Tu es trop bon avec moi (du meinst es zu gut mit mir)." Ich versuchte damit, meinen Ausbruch abzumildern, er nahm den Versuch souverän an. Wenn ich das heute aufschreibe, wird mir klar, daß ich ihm einen richtigen Vorwurf gemacht habe, wie eine zickige Ehefrau. Warum ist mir das entrutscht? A. kann zwar im Ritual der Dominationen sehr vorwurfsvoll sein („...für wen hältst du dich?"), ist aber sonst stets höflich und elegant in seinen Umgangsformen.

Nach dem Essen hörten wir Musik im Arbeitszimmer, wo die Akustik immer noch in Ordnung ist. Nach Elvis und Jerry Mystinguette und Freyell, Frauenlieder aus der Zeit, „wo Frau noch Frau und Mann noch Mann war", sagte A. Lieder mit Texten darüber, daß eine Frau für ihren Mann alles tut, obwohl er kein *hercule*, Herkules ist. Wenn er das mit Pappen an den Schultern ausgestopfte Jackett auszieht, ist er nur noch die Hälfte. Er ist kein Apoll. Er züchtigt sie, schickt sie auf den Strich und nimmt ihr alles Geld ab. Und dann kommt immer der Refrain: „Aber ich liebe ihn, und er steckt mir in der Haut." Man kann nicht genau sagen, wie das gemeint ist: Er haust in meiner Haut, oder ich beherberge ihn in meiner Haut.

Ich nippte meinen Wein zuende, und er rauchte eine Zigarre. „Willst du noch mehr Musik hören?" - „Nein." Wir saßen uns gegenüber. Seinen Blick konnte ich in drei Teile schneiden: liebevoll, gnädig, gerührt.

Unter meiner Winterkleidung verbargen sich Strümpfe am *porte-jarretelle*, Hüfthalter, und das kleine, schwarze Taillenkorsett. Ich hatte zugleich befürchtet und gehofft, ich weiß nicht, wie ich es sagen soll, ich hatte mich darauf vorbereitet, nach all der Zeit eine ganze Nacht mit ihm zu verbringen an diesem verfremdeten Ende der Welt. Meine dessous waren eine abgemilderte Form, ein Zitat des Kostüms, meiner *guêpière* (Korsett) von damals, ich wollte ihm damit eine Freude machen.

Er stand auf und stand vor mir, aus den Cordhosen stand mir sein Glied in den Mund, *à fond*, bis ganz hinten. Ich erbrach das Essen und schluckte tapfer alles wieder herunter. „Tu te régale, n'est-ce pas", keuchte er boshaft „das tut dir gut, nicht wahr?" Mit dem veränderten Gesichtsausdruck riß er an meinen Haaren. „Dis-le", sag es, gibs zu. Mir stand der Schweiß auf der Stirn. Ich konnte nicht antworten, weil sein Glied in meinem Mund war, ich konnte nur ergeben nicken. Wieder stand das Bild von der *kleinen Meerjungfrau* aus dem Andersen-Märchen im Raum, der verzweifelte Versuch, ohne Zunge sagen zu können *ich liebe dich*. Meine Zunge war mit seinem Glied beschäftigt, wie sollte ich da sprechen können.

Überhaupt stand plötzlich die ganze Vergangenheit im Raum.

Er nahm sein Glied aus meinem Mund heraus. „Möchtest du suciert werden?" fragte er. Mein Blick war sicherlich bereits ebenso glasig wie seiner, und obwohl meine Zunge frei für Sprache war, nickte ich nur, zog mich aus und folgte ihm in das Schlafgemach mit der zwielichtigen Beleuchtung aus dunkel, rot und schwarz. Ich fühlte, wie seine Augen an meinem Körper klebten, ich hatte mich nicht darin getäuscht, daß ihn auch die vereinfachte Version des Kostüms erregen würde.

Er machte sich über meine chatte her, ich konnte nicht jouieren. Er penetrierte mich, machte mir eine vorbildliche *ramonage* (Kaminfegen), ich konnte wieder nicht jouieren. Irgend etwas ist in diesem Raum, irgendein Geist, der meine Erlösung mit aller Macht verhindern will, dachte ich. Dieses Gefühl hatte ich schon oft gehabt, und für jedes Jouieren richtig schwer gegen ein Gespenst kämpfen müssen. Ob das Christine ist? Sie war seine große Liebe gewesen und nach einem Streit gegen einen Baum gefahren. A. macht sich seit 8 Jahren den Vorwurf, schuld an ihrem Tod zu sein.

Aber A. konnte auch nicht in mir zu sich kommen.

Schließlich hockte sein skulpturales Volumen auf mir. „Du kannst nicht mehr ohne", fauchte er und gab mir baffes, links und rechts, rechts und links, sie brachten meinen Kopf zum Fliegen. Ich flog davon in dieses *la vie est ailleurs* (das Leben ist anderswo). Mein Gesicht, mein Kopf, mein Geist, ich war außer mir im Rausch der *anderen* Zärtlichkeit. Warum versteht niemand, daß diese Schläge nicht weh- sondern wohltun? Gegen die Dominationen scheint Christine jedenfalls nichts einzuwenden zu haben. A. entlud sich über meinem Gesicht. „Du mußt auch jouieren", befahl er, „besorg es dir selbst." Und das tat ich. Wie immer guckte er dabei auf die Uhr, was mich völlig irritiert und meine Plaisir eher verzögert als beschleunigt. Als es mir gekommen war, und ich wie hin- oder ausgegossen an ihm lag, gab er meine *Zeit* an, wie bei einer Rennstute im Ziel. „Wann wirst du das endlich lassen, quand est-ce que tu vas t'arreter (wann wirst du damit aufhören) à me cronomaîtriser?" - „Hah," schrie er, „tu es folle, ça s'apelle cronomêtrer, pas cronomaîtriser (du bist völlig verrückt, das heißt so und nicht so)." Das falsche Wort hatte ihn richtig aufgeschreckt, vielleicht sogar ein wenig getroffen. Mein Versprecher hatte ihn vom Zeit-Messer zum Zeit-Meister gemacht. Zu jeder Domination gehört einmal seine Frage. *Wer bin ich, dis-le, sag es!* und die Antwort *mon maître.* Ja, lieber A., in der Domination bist du mein Meister. Wenn du aber, nachdem du dein Vergnügen erreicht hast, auf der Digital-Uhr verfolgst, wie lange ich nun noch brauche, dann hat das etwas Erschreckendes. Wir sprachen über meine Verzögerung. „Das ist nicht immer so", sagte ich, „aber wenn ich schon denken muß, es soll ganz schnell gehen, dann dauert es erst recht lange. Vielleicht mußt du etwas zarter mit mir sein." Das riß ihn aus den Kissen. Er hob seine Hand und erwiderte erregt, „aber das ist dieselbe Hand!", die mir nun keine baffe gab, sondern meine linke Gesichtshälfte ganz und gar liebevoll in sich aufnahm.

Für die Nacht brachte er mir noch ein Glas Wasser, ich stellte es neben meine Bettkante zu Aschenbecher, Zigaretten und Feuerzeug. Er huschelte mich ein. „Zum Schlafen", das war sein letzter Befehl, „muß aber jeder an seine Seite, das Bett ist breit genug, um zu zweit allein liegen zu können." Und verschwand leise, ruhig atmend in das Anderswo des Traums.

Obwohl todmüde, fand ich keine Ruhe, wälzte mich immer wieder herum, sehr darauf bedacht, nur ja nicht meine Grenzen in seinem Bettland zu überschreiten. Meine Unruhe weckte ihn auf. „Was ist los mit dir", wollte er wissen, und dann holte er mir eine Schlaftablette. Diese berühmte Tablette von seinem Psychiater-Freund J.M. ist aber ein Psychopharmaka. Ich wälzte mich plötzlich nicht mehr zwischen Zentimetern auf dem Bettlaken. Das Medikament stülpte mir eine andere, sonderbare Architektur über die Wahrnehmung. Stimmen stimmten mit Fassaden überein, das Hineingehen ging weg, wie die sich immer wieder voneinander ablösenden Oberflächen in ständiger Verschiebung. Daß die Fassaden, die Oberflächen, zugleich Stimmen waren, nicht Sprache, keine verständlichen Worte, sowas hab ich noch in keinem Halbschlaf erlebt.

Trotz des starken Medikaments wachte ich noch einmal mitten in der Nacht auf. Ich mußte aufs Klo, mußte mich unbedingt gegen das Medikament durchsetzen, um nicht ins Bett zu pinkeln. Im Dunkeln langte mein Arm auf den Boden, dort mußte irgendwo das Feuerzeug liegen. Schließlich hatte ich es zu fassen, wand mich schwerfällig aus dem Bett, um mich zum bläulichen Benzinlicht des *Zippo's* auf den Weg zu machen. Das hat den ärmsten A. aus dem Tiefschlaf aufgeschreckt. „Qu'est-ce que c'est?

(Was ist denn das)" - „C'est moi, il me faut faire pi-pi...
(Ich bin's, ich muß nur zum Klo...)"

Am nächsten Morgen beklagte er sich. Ich hätte ihm eine
fürchterliche Nacht beschert. Erst meine Unruhe, er mußte
aufstehen und die Tablette holen, und dann das Phantom
im Dunkel mit dem blauen Flämmlein, das angeblich *pipi,
pipi* gewimmert hat. Und all das nach dem Horror-Film
The incredible shrinking man.

Jedenfalls hatte er es also auch mit einem Gespenst zu tun
gehabt in dieser Nacht. Nur, sein Gespenst war ich, ein
Mensch aus echtem Fleisch und Blut, anders als meins.
Aber vielleicht versteckt sich mein Gespenst, die tote Christine, gar nicht in irgendeiner Ecke des dunklen Schlafge-
machs, sondern in A.s Fleisch und Blut.

Mir kam das alles trotzdem gar nicht so schlimm vor, habe
ich doch schon viel unruhigere Nächte in seinem Bett verbracht und bin oft genug wieder aufgestanden, um vom
Arbeitszimmer aus auf die Kaminschornsteinskyline zu
starren.

Beim Frühstück, diesmal trank er auch Tee statt Kaffee,
sagte ich noch etwas sehr Dringliches. In einiger Zeit wird
G., meine Freundin aus Deutschland, zu Besuch kommen.
Im letzten Jahr, als alles noch gut war, hatten wir zu dritt
eine Nacht im Hotel verbracht. Ich hatte vorher gewußt,
daß A. sie in dieser Nacht bevorzugen würde. Er domi-
nierte sie ausgiebig vor meinen Augen. Ich war froh darüber, daß sie sich darauf eingelassen hatte. Auf diese Weise
wurde sie eingeweiht in meine Situation der *soumise*
(Unterworfenen), und ich bekam die Möglichkeit, mich
selbst in ihr wie in einem Spiegel zu sehen. Etwas später
machte mir die Nacht Kummer, weil die beiden mich zu
weit links liegen gelassen hatten. Ich sagte also, „wenn G.
aus Berlin kommt, möchte ich nicht wieder etwas zu dritt
machen. Aber du kannst gern mit ihr allein..."

Seine Antwort traf mich wie ein Degenhieb von Dartaillon, dem Musketier:„...et en plus elle fait des commentaires!! (und zu allem Überfluß erlaubt sie sich Bemerkungen!!)." Er sagte nicht *tu* (du) sondern verdammte mich gnadenlos in die dritte Person.

Als ich wieder zu Hause war, rief er an. Ich sei in einem fürchterlichen Zustand und müßte dringend zu einem Psychiater. Plötzlich hatte ich das Gefühl, daß er diesen Versuch einer gemeinsamen Nacht, ein dreiviertel Jahr nach dem Bruch, schrecklich finden wollte, als Beweis dafür, daß es mit uns nicht mehr geht. Tatsächlich habe ich in dieser Nacht wohl drei schlimme Fehler gemacht: Erst den Haushaltskrach wegen des überfüllten Tellers, dann der leise Hinweis, daß meine Probleme beim Jouieren mit ihm selbst zu tun haben, und zum Schluß die Einmischung in seine Pläne mit G. *Quelle honte* (was für eine Schande).

Der verarmte Schah-Perser

Ich stieg in die Métro. Gleich am Eingang auf dem Klappsitz saß ein Mann. Ich sah ihn, er sah mich, das war wie
eine ganz kurze Begegnung, irgendwie hatte ich ihn
erfaßt. Eigentlich bevorzuge ich die Klappsitze, der neben
ihm war frei, nichts hätte dagegengesprochen, mich dort
hinzusetzen, aber diesmal schaute ich mich ungewöhnli-
cherweise nach einem anderen Platz um. Der Dreier-Sitz
mit Gegenüber am Ende des Wagens war völlig leer, dort
setzte ich mich in die letzte Ecke und schielte nach dem
Kopf auf dem Klappsitz, den ich nur von hinten sehen
konnte, eigentlich nur einen Nacken.
Und plötzlich wurde mir klar: Der Mann wird sich umset-
zen. Und es dauerte nur zwei Stationen, da saß er mir in
der Dreiersitzangelegenheit diagonal gegenüber, beugte
sich über sein *Ambiente*-Heft ohne aufzusehen. Ich luchste
neugierig und trotzdem diskret ab und zu über seine
Erscheinung. Dunkle Haare, Oberlippenbart, schönes
Hemd in den *richtigen* Jeans mit Knöpfen, die Socken
sahen gut aus und die Schuhe nach *Geld.* Aber er, der sich
doch meinetwegen umgesetzt hatte, ich war mir dessen
wirklich sicher, würdigte mich keines Blickes.
An der nächsten Station stiegen lustige Jugendliche ein,
machten Lärm, alle mußten hinsehen. Ich sah hin, er sah
hin, und, weil wir dasselbe gesehen hatten, trafen sich
unsere Blicke. Die Jugendlichen waren zwar laut und
desorientiert, aber erfreulich anzusehen, und da trotz des
unvermittelten Aufruhrs keine Gefahr in der Luft lag, hab
ich ihn angelächelt. Er lächelte zurück, und das war die
zweite Begegnung. Die war irgendwie schicksalhaft. Er
klappte sein Heft zu, setzte sich mir direkt gegenüber und
beugte sich vor. „Darf ich Sie zu einem Kaffee einladen?"
Ich beugte mich auch vor, denn er sprach sehr leise,

mußte seine Worte wiederholen, ich hatte mal wieder nichts verstanden. Dabei fielen seine Augen in mein Jackendécolleté. Die langärmlige, taillierte Kostümjacke trage ich mit einem Gürtel darüber, lasse den obersten Knopf geöffnet, untendrunter habe ich meistens das schwarze *bustier* (Taillenkorsett) an, manchmal lasse ich es aber auch weg.

An der nächsten Station mußte ich aussteigen, er kam mir nach. Ich wollte keinen Kaffee mit ihm trinken, diesem Fremden aus der Métro, trotzdem fühlte ich mich von ihm angezogen, und wir tauschten Telefonnummern aus.

Gleich am nächsten Tag rief er an, und wir verabredeten uns im *Deux Magots* in St. Germain. Ich ging nicht hin. Wie die Maus in ihrem Loch saß ich in meiner Mansarde neben dem Telefon. Es klingelte, immer wieder, insgesamt 6 Mal. Ich ging nicht ran, und hatte dabei ein furchtbar schlechtes Gewissen, weil ich ihn sitzen- und hängengelassen hatte. Später am Abend, ich wußte ja, daß er irgendwann aufgeben und nach Hause gehen würde, rief ich ihn an und entschuldigte mich mit einer besonders glaubwürdigen Ausrede. „Morgen komme ich zu Ihnen", sagte er, das war kein Vorschlag und schon gar keine Frage, ob mir das recht sei. Er bestimmte es so. Und ich, mit meinem schlechten Gewissen, saß nun erst recht in der Falle.

Er kam mit 10 roten Rosen und einem roten Bordeaux, einem *Pomerol*. Dieser Wein in der goldenen Schachtel kostet ein Vermögen.

Ich weiß nicht mehr, ob wir es bei seinem ersten Besuch bereits getrieben haben, aber so, wie ich mich kenne, ist das ziemlich sicher.

Inzwischen ist soviel Zeit vergangen. Der verarmte Schah-Perser ist der merkwürdigste Mann, der mir jemals begegnet ist. Ich fühle mich zu ihm hingezogen, seine Zarathu-

stra-Ruhe, die tiefe Traurigkeit über sein Schicksal, die
Höflichkeit, seine leise, weiche Stimme, mit der er die
Worte wiederholt *je vous aime, Madame* wie eine unver-
rückbare Feststellung: *Ich liebe Sie, Madame*, und das seit
Monaten täglich. Trotz des Treibens sind wir beim *Sie*
geblieben.
Gleichzeitig macht mich das alles ganz unsicher. Wie oft
habe ich mich Verabredungen mit immer komplizierteren,
moglichst bildhaften Märchen entzogen, denn ich habe
keinen Grund, ihn zu verletzen.
Aber in seiner beteuerten Liebe zu mir ist ein Totalan-
spruch. Ich muß ihm sagen, daß ich ihn auch liebe, ich
muß damit einverstanden sein, daß er mich heiratet, ich
muß, wenn es nicht anders geht, bereit sein, mit ihm nach
Kanada zu gehen. „Kann ich mich auf Sie verlassen", fragt
er so eindringlich, daß es mir durch und durch geht, und
bei jedem Wiedersehen „waren Sie mit einem anderen
Mann zusammen?" Tatsächlich war ich ihm jetzt schon 4
Mal treu, und das mir!
Irgendwann ist mir klar geworden, daß das alles nur Test-
fragen waren. Ein Mann mit Ehefrau und zwei Kindern
kann mich doch gar nicht heiraten. Und von Kanada ist
schon lange keine Rede mehr. Seine Eindringlichkeit
macht mir Angst.
Er ist groß, nicht zu groß, aber doch einen guten Kopf
größer als ich. Die Franzosen sind so ziemlich alle genauso groß wie ich, denn für Pariser Maße und Gewichte
gehöre ich bereits in die Kategorie der großen Frauen.
Er ist Anfang 40 und hat einen angenehm jungen Körper,
nicht dick nicht dünn, aber fast unheimlich erfüllt von
Kraft und Stärke. Er könnte mich ohne weiteres in der Mitte durchbrechen. Sein Oberkörper ist vorne und hinten
völlig schwarz behaart, die Haare sind lang, gerade, und
finden sich, auf der Vorderseite, zu einem Mittelscheitel,

nein, nicht Scheitel, zum Gegenteil eines Scheitels: Sie treffen sich dort von links und rechts und bilden eine dichte, tiefschwarze Linie bis nach *unten*. Der erste Anblick hat mich sehr erschreckt, ich mußte an einen *loup garou* denken, einen Werwolf. „Oui, je suis très poilu", sagte er damals, „ja, ich bin sehr behaart." In seiner leisen weichen Stimme war keine Unsicherheit über diese doch zunächst einmal ziemlich schockierende Tatsache zu erkennen. Ein Zarathustra ruht eben in sich selbst, und ich muß gestehen, seitdem ich in Paris bin, hat mir niemand, selbst mein bester Freund nicht, so viel körperliche Plaisirs bereiten können, wie dieser verarmte, reich-behaarte Schah-Perser. In meiner Unruhe, meiner Unordnung, in der systematischen Zerstörung meiner Gesundheit, fühle ich mich in seiner Gegenwart verkommener als je zuvor. Und er hat auch schon damit begonnen, mir mit seiner ruhigen, leisen Stimme die Tatsache meines Chaos, vor dem ich die Augen verschließe, höflichst unter die Nase zu reiben. Wenn er mich nicht so sehr lieben würde *à la folie*, bis zum Verrücktwerden, würde ihn das abstoßen.

All das deutet darauf hin, daß ich mich auf dem Weg in eine neue *soumission* (Unterwerfung) befinde. Mein Freund hatte mich in erotischen Ritualen dominiert, mich in die geheimnisvolle Beziehung zwischen Schmerz und Lust eingeweiht. Der Schahperser dominiert nicht meinen Körper in erotischen Ritualen, er beginnt, meine gesamte verkrachte Existenz zu dominieren. Mit seinen leisen weichen Zarathustraschritten dringt er sehr kräftig und unaufhaltsam in mein Leben ein. Vielleicht ist er mein Retter, vielleicht bringt er meine Freiheit um.

Ich weiß nicht, wie ich mit der Intensität umgehen soll, mit der er mir immer und immer wieder, es klingt lächerlich, aber er macht es so, seine *absolute* Liebe schwört. Warum muß er ausgerechnet mich so sehr lieben, *à la folie*? Wo es doch so viele Millionen schöne Frauen in Paris gibt, und mindestens ein paar Millionen, die viel, viel schöner sind als ich!

Ich liebe die Männer, aber manchmal ist es, als ob es zu viele gibt. Alle, die ich kenne, sind nett und freundlich. Ich bin auch gern nett und freundlich, der Spruch aus meiner Kindheit: *Sei höflich und bescheiden, dann mag dich jeder leiden,* ist wohl ein wichtiger Bestandteil meines Lebens. Ich möchte geliebt werden. Es fällt mir leicht, einem *guten* Mann nahe zu sein, ich besitze einen Instinkt für liebe, gute Männer. Und wenn man sich auch gerade erst kennengelernt hat, ist es, als ob man sich seit ewigen Zeiten kennt, und es gibt gar keinen Grund dafür, warum man sich nicht sofort ganz nah kommen und trösten sollte. Mit den Frauen ist es etwas anders. Besonders für mich, weil ich runde 20 Jahre lang keine Freundin hatte. Seit 3 Jahren habe ich eine Freundin, und da gesellen sich dann auch andere Frauen dazu. Frauen untereinander klagen immerfort darüber, daß die Männer nicht lieb genug sind. Männer sind das einzige und unerschöpfliche Thema für diese ewige Laienpsychologerei. Mit Männern kann ich anders reden. Über meine Arbeit zum Beispiel und vor allem kann ich mit ihnen Quatsch machen.

Leider verwandelt sich dieser hier in ein richtiges Problem. Wer hört nicht gern *Ich liebe Sie, Madame,* besonders wenn es so glaubhaft vorgetragen wird. Die persische Zarathustra-Ruhe und Entschiedenheit beeindruckt mich sehr. Aber mein ganzes Leben ist bestimmt von Experimenten, von Unruhe, als Künstlerin muß ich mich immer wieder aus persönlichen *Bindungen* herausreißen, weil sie mir zu eng werden. Ich muß immer wieder in diesen merkwürdigen Raum, meine innere Werkstatt, in die Turbulenzen zwischen Möglichkeit und Unmöglichkeit, in die große Unordnung. Jedes Erlebnis löst in mir jedesmal soviele Empfindungen und Phantasien aus, alles dreht sich durch-, über- und ineinander, wie Blusen, Höschen, Hemdchen, Strümpflein in der Waschmaschine. Vorausgesetzt, man hat einen Vorderlader mit Bullauge, kann man gut beobachten, wie sich alles im Sog durchschlingt bis zu einem Rhythmus. Dann geht es plötzlich in die andere Richtung, und alles kommt wieder durcheinander, bis ein neues, verschlungenes Miteinander rotiert. Und so weiter. Meine Arbeit besteht darin, meine inneren Turbulenzen, links-rum, rechts-rum, in irgendeine *Ordnung* zu bringen. Im Moment tue ich das schreibend.

Jedenfalls hatte ich mir fest vorgenommen, diesmal vor seinem Besuch im letzten Moment abzusagen. Denn ich hatte mich darauf verlassen, daß er vorher anruft. An diesem Tag wollte ich in meinem inneren Atelier arbeiten und nach Ordnung suchen. Ich befand mich in diesem seltsamen Raum, man könnte sagen *pur*, als nicht etwa das Telefon klingelte. Nein, es klingelte an der Haustür. Bingo. Und, obwohl ich dieses Wort so hasse, beschreibt es vielleicht ganz gut meinen Schock: Das ist Realität!

„Du mußt dir immer wieder Realität herstellen", sagt meine Freundin, „sonst wird dir dieses Durcheinander zuviel."

Sie hat gut reden. Ihr Gras wächst nicht auf der Künstlerweide.

Jedenfalls öffnete ich die Tür, von ganz weit her. Da stand er, mit entwaffnendem Lächeln, in der einen Hand ein Blumengebinde aus 7 dunkelroten Rosen und grün-weißlichem Zier-Dill, in der anderen eine Modehaustüte. Ich war völlig ungeschminkt und unvorbereitet, weil ich doch unbedingt absagen wollte. Eine Begegnung dritter Art.

Ich freute mich über die schönen Blumen, und aus der Tüte kam ein feiner, offensichtlich teurer Pullover zum Vorschein. Ich zog ihn an. Ist das Realität? Und dann die Frage: „Haben Sie in der Zwischenzeit mit einem anderen

Mann geschlafen?"- Nein, nein, bis jetzt nicht...

„In Persien", sagte er, „wenn man jemals dahin zurück kann, kaufe ich Ihnen ein Haus. Sie werden ein Auto, einen Chauffeur und eine Köchin haben. Ich besuche Sie dann 1-2 Mal in der Woche, weil ich sehr viel arbeite. Und Sie hätten Ihre Ruhe."

Schon wieder eine neue Phantasie.

„Was gibt es zu essen", fragte er dann. Nichts. Zusammen machten wir uns in den Supermarché auf, und er kaufte Fleisch, Früchte, Früchte, Früchte, 100 Kiwis, 200 Mandarinen, 60 Apfelsinen, 10 Birnen, Tomaten, Käse, Butter, Brot,... und Spülmittel. Dabei weiß er genau, daß ich Spülmittel besitze. Der Einkauf hat ein kleines Vermögen gekostet und Tonnen gewogen.

Er trug 6 Tüten und ich eine. In meinem Treppenhaus nahm er sie mir ab, ich trug nur noch seinen Pullover. Wie er mit diesem Gepäck die Stiegen bis in die 3.Etage gemeistert hat, war sehr beeindruckend.

Wir aßen, und er begann wieder von Persien zu erzählen, von seinem reichen Zuhause, der Villa mit 4000 qm, 10 Dienstboten plus 2 Chauffeuren, einen für die Limousine der Mutter, einen für die des Vaters. Mit seinem Bruder teilte er ein philippinisches Kindermädchen. Das hat ihn verführt, als er vierzehn war. „Elle était très forte (sie war stark)", schmunzelte er, „sie hat mir alles beigebracht, von vorne, von hinten, mit dem Mund und mit der Zunge. Sie war 23 Jahre alt und wollte andauernd. Dabei schrie sie so laut, daß ich immer Angst hatte, die Eltern könnten das bemerken." Aber die waren in diesen 4000 qm wohl irgendwo außer Hörweite. Außerdem kann ich mir vorstellen, daß die Philippinin ganz bewußt und unter anderem zu diesem Zweck von eben diesen Eltern eingestellt worden war.

Nach dem Schah-Sturz kam der Vater ins Gefängnis. Und

es ist wahr, er ist er einzige Minister, der nicht vom Khomeini-Regime getötet worden ist. Er hatte zu viele Arbeitersiedlungen, Krankenhäuser und Schulen auf eigene Kosten bauen lassen.

„Für mein Studium in Berkley, California, mietete mein Vater eine Villa für mich, ich bekam eine Köchin, ein Auto und 4000 Dollar im Monat. Ich sollte mich um nichts anderes als um das Studium kümmern müssen. Einmal sagte ich zu ihm, ich hab doch alles, das Haus, das Essen, das Auto, was soll ich mit all dem Geld?" An die Antwort des Vater kann ich mich nicht erinnern.

Nach 6 Jahren schwierigsten Ingenieur-Studiums mit hochqualifiziertem Abschluß-degree brach er zusammen, er hatte mit fast unmenschlicher Zähigkeit durchgehalten, und wurde nach Vichy, dem Quellwasser-Kurort in Frankreich verschickt. Dort bekam er wieder einen eigenen Pavillon und außer einer Köchin auch noch eine eigene Ärztin. „Zu der Zeit", sagte er mit Tränen in den Augen, „war Geld für uns Papier, nichts anderes."

Mir wird immer ganz schlecht, wenn er von diesem verlorenen Paradies erzählt, das ja für ihn Realität war. Einige Angewohnheiten hat er aus dieser Zeit beibehalten. Wenn ihm etwas hinfällt, hebt er es nicht auf. Im Supermarkt ließ er die herausgegebenen Münzen, das Wechselgeld, auf den Zahlschälchen liegen, ohne es auch nur wahrzunehmen. Nachlässiger als Trinkgeld.

„Und jetzt, sehen Sie sich meine Hände an, Madame, sie sind grob geworden. Ich kann noch nicht einmal mehr in meinem Beruf arbeiten, die Franzosen verweigern mir seit 5 Jahren die offizielle Arbeitsgenehmigung. Ich bin gezwungen, schwarz zu handwerkern. Einbauküchen und Schränke nach Maß, Kamine bauen, Parkett verlegen, Wände vergipsen, Elektrizität und Wasserrohre verlegen, ich kann alles und mache alles, von morgens bis spät abends."

Ich dachte an das Wilhelm-Hauff-Märchen „Saids Schicksale". Er sah sehr traurig aus. „Jedenfalls, wenn Sie noch reich wären und im Buick durch Paris gefahren würden, hätten wir uns nicht in der Métro kennengelernt", antwortete ich. Er lächelte und nahm eine seiner *groben* Hände, um mein Kinn zu heben und mich sehr zart auf den Mund zu küssen.

Als er gegangen war, mußte ich mich sofort betrinken. Er sieht in mir im eindeutigsten Sinn seine *maîtresse*. Hier in Paris ist er arm und kann mir kein Haus, nicht das Appartement, sondern nur einen teuren Pullover, teure Blumen und teures Essen kaufen. Aber im Verhältnis ist es das Gleiche. *La maîtresse titulaire* ist der französische Begriff für die legitimierte Geliebte, die vollkommen versorgt und von Ehefrau und Gesellschaft anerkannt wird. Das heißt, sie hat einen sozialen Status. Er hat eine Ehefrau und zwei Kinder. Hier in Paris.

Und ich, seine maîtresse titulaire? So ein altmodisches Dasein? Meine ganze Kunst, mein Durcheinanderleben, und vor allem der Ex-Geliebte, an dem ich doch immer noch so sehr hänge?

Ein paar Tage später kam er wieder zu mir. „Haben Sie in der Zwischenzeit einen anderen Mann gehabt?" Ich sagte nichts. Diesmal war ich auf seinen *Staatsbesuch* vorbereitet. Er küßte mich heiß, und am Hals sog er tief und immer wieder ganz lange meinen Duft ein. Er sagte, „Sie gehören mir, Sie sind ich." An diesem Abend war er völlig verändert. Der sonst so Melancholische war aufgekratzt. Er hatte eine riesige Styroporbox mitgebracht, darin befanden sich 2 Kilo tiefgekühlte Hummerkrabben. Er machte ein Essen, ich deckte die Bar wie einen Tisch.

Er redete viel, machte mir die edelsten Komplimente, nannte mich seine *Mademoiselle Jolie* (meine Hübsche), und das gewohnte „je vous aime, Madame, je vous aime à la folie" kam diesmal nicht wie leiser Nieselregen auf zartes Gemüse, nein, es prasselte wie Hagel auf ein ganzes Gewächshausdach.

Auf seine persischen Ansprüche und Sichtweisen der Dinge habe ich bislang immer mit Abwehrhaltung geantwortet und verfolge verwundert den Prozeß, wie er sich langsam aber sicher durchsetzt mit seinem *Madame*, und *ich liebe Sie*.

Vielleicht liegt mein Genuß tatsächlich in der Verführung zum Unmöglichen. Immer wieder muß ich mich auf das Unmögliche einlassen, auf die Unordnung, die Herausforderung. Welche Struktur wird sich abzeichnen und Realität werden können?

Nach dem Essen fragte er, „tu veux? (willst du es jetzt)", in den ganz intimen Momenten sagt er *du*. Während der Penetration drängte er mich zu entscheiden, ob ich ihn nun heiraten will oder nicht. Wenn sein Sex in meinem ist, kann ich nur immer ja-sagen. „Wann?" - Ich weiß nicht, wann. Und ob überhaupt. Das ist doch alles nicht in Ordnung. Der bereits verheiratete Perser, Vater von zwei Kindern, kommt einmal die Woche her und verführt mich mit Komplimenten und Geschenken. Macht er sich in Wirklichkeit vielleicht sogar lustig über mich, die treue maîtresse titulaire, die von ihm doch eigentlich den gesamten Lebensunterhalt erhalten müßte, und ich Oberdoofe stelle keine Forderung?

Bei seinem nächsten Besuch umarmten wir uns gleich hinter der Eingangstür, die er selbst von innen verriegelte.

Sein Kuß, seine starken Arme, sein wachsendes Glied. Unsere gegeneinandergepreßten Körper fanden sich in einer gleichatmigen Lust, die fast an Schmerz grenzte. Ich liebe dieses Gefühl der Verschmelzung. Sein Bauchnabel funkte die gleichen Signale wie meiner. Beide Körper klebten aneinander in magnetischem Kontakt, all over.

„Deshabillez-vous, complètement (ziehen Sie sich ganz aus, ganz und gar)", sagte er. Und dann betrachtete er mich. Das war aber mehr als Betrachten. Seine Augen sogen mich ein, aßen mich auf, das dauerte eine Weile: „Sie sind schön, Madame." Er war noch angezogen. In seinem Yves St.Laurent-Hemd und der edlen Feintuchhose, die sich an der bestimmten Stelle türmte, packte er mich Nackte und hob mich in die Lüfte, als sei ich eine Feder. Mit der einen Hand unter meinem rechten Arm, mit der anderen zwischen den Beinen, wirbelte er mich herum, wie ein Eiskunstläufer seine Partnerin beim doppelten Ritt-berger, und ich hätte nie gedacht, daß meine kleine Man-sarde Raum für soviel traumhafte, dynamische Bewegung haben könnte. Dann landete ich in Vollendung auf dem Lager, dem Gästebett in meiner kitchenette, das nicht größer, höchstens noch kürzer als ein Feldbett ist. Mittler-weile könnte es wohl einiges davon erzählen, was für Lie-bes-Kämpfe, Siege, Niederlagen sich auf seinem Rücken abgespielt, zugetragen haben.

Dann beobachtete ich ihn, während er sich auszog. Ich weiß gar nicht, wie er aussieht, dachte ich, er sieht nach einer Woche jedesmal anders aus.

Schließlich lag er über mir, zog meine Beine über seine Schultern und blickte andächtig lange in meine chatte. „Ich möchte ein Foto machen", sagte er. Wir sahen uns in die Augen. Nach der Penetration von vorne gab er mir dort unten in dem heißen Erdbebengebiet seinen Sex in die Hand, während er meine Beine weiter zu sich über den Hals zog. Ich war völlig verwirrt über die angestrebte Richtung. Er enculierte mein Hinterteil, ich ließ es zu, mußte schreien vor Schmerz, denn sein Sex ist wie ein Pilz gewachsen. Was von vorne besonders guttut, ist hin-tendrin die Hölle. Trotzdem, ich wollte, daß er sein Ver-gnügen findet, auch auf meine Kosten. Und da ich das

Hormonpräparat abgesetzt hatte, was immer eine besondere Schwangerschaftsanfälligkeit bedeutet, war das trotz allem in meinem Sinn. Mir liefen die Tränen herunter, seine Pupillen verschwanden unter den Lidern mit den langen schwarzen Wimpern. Als Schüler sagten wir zu außerordentlichen Zuständen immer *delirium clemens*.

Später zog mich mein *Clemens* ins Arbeitszimmer auf das Klappsofa. Das ist nachts mein Bett, das einzige, was ich jeden Abend und jeden Morgen mit aufwendigem Umbau in Ordnung bringe. Es duckt sich unter die Mansardenschräge, und ganz nah beim Kopf- oder Fußende, das wechsele ich nach Gefühl, steht mein Fernseher. Wir sahen Zeichentrickfilme an. Nach der Plaisir geht er in die Distanz. Man siezt sich wieder, und es gibt keine streichelnden Tröstungen. Ganz unerwartet legte er plötzlich den Arm um mich, küßte meinen Nacken und sagte: „Warum haben wir uns nicht früher kennengelernt, ich war doch ab und zu in Deutschland. Warum können Sie nicht die Mutter meiner Kinder sein." Ich fühlte mich zutiefst geehrt. Trotz all der Schmerzen, die mir sein Plaisir bereitet hatte.

Er ist noch mehr als ein Verführer, dachte ich. Er ist ein Eroberer. Er dringt in meine Wohnung ein, in meinen Körper, den sich seine Augen einverleiben. Mein ganzes Ich, meine Existenz besetzt er wie ein Land, und das wird er nicht kampflos wieder hergeben. Ich muß dringend etwas unternehmen... ihn wieder loswerden.

Wie wohl tun mir seine Liebesbeteuerungen, seine Höflichkeit und manchmal ist mir, als könnte er mich damit wieder auf die Beine stellen. Aber die ganze nächste Woche über verfolgte mich diese fürchterliche Penetration. *Maîtresse titulaire*, der schöne Traum, Milch und Honig auf die Psyche, und die blutige Realität der Schmerzen, die mir seine Plaisir gemacht hatte, zankten miteinander hin und her. Meine Freundin rief an: „Ich habe das Gefühl, daß du dich von den Männern nicht lieben sondern zerstören lassen willst!" Ob sie recht hat? Jedenfalls hängt mir diese Frage jetzt im Hirn wie nasse Wäsche über der Stange vom Duschvorhang, mit einem Handtuch darunter zum Auffangen der Tropfen.

Bei seinem nächsten Besuch kontrollierte er als erstes meine Gesichtshaut. „Sie haben sich nicht richtig ernährt", sagte er kummervoll kopfschüttelnd, und während einer wunderbaren Penetration von vorne flüsterte er, „je suis à vous Madame, jus'qu'à la fin de mes jours (ich gehöre Ihnen bis ans Ende meines Lebens)."

Später wiederholte sich die Szene auf dem Klappsofa: „Warum können Sie nicht die Mutter meiner Kinder sein." Oh, my God. Sein ältestes Kind ist doch schon 14. Vor 14 Jahren, was habe ich da gemacht? Ich habe wie immer an nichts anderes als an meine Kunst gedacht. Heiraten und Kinderkriegen lagen mir damals so fern wie das Ende meines Lebens.

Er küßte mich. „Je vous aime, Madame" und „lieben Sie mich auch?" Ich nickte. „Combien? wieviel" – fragte er in seinem falschen Französisch mit seiner Zarathustra-Ruhe, die meine Antwort nicht in Frage stellt. „Beaucoup, sehr" – muß sie lauten, wenn ich das Spiel nicht unterbrechen, kein Spielverderber sein will. So ein Quatsch, dachte ich. Das alles muß ein Ende haben, bevor es zu spät ist, bevor es ernst und unangenehm wird.

Als er mich das nächste Mal am Telefon das „lieben Sie mich auch, Madame" fragte, antwortete ich: „Je ne sais pas (ich weiß es nicht)." - „Oh, non" gurgelte seine leise Stimme und formulierte die Geräusche eines ebenso leisen Lächelns, das einzige Zeichen von Unsicherheit, daß ich jemals an ihm entschlüsseln konnte. Er hat mein Zeichen verstanden und *sein Land* kampflos geräumt.

Im falschen Tag

Was ich heute erlebt habe, geht schon ziemlich weit. Morgens wachte ich auf mit einem ausge-x-ten Kopf: Heute kommt Besuch an (was Vorratskäufe und Reinigung des Ateliers bedeutet), und der Immobilien-Mann hat nicht zurückgerufen, was bedeutet, daß er meine Wohnungssuche nicht ernst nimmt. Außerdem, und das war noch so ein Querstrich vom X, wollte der Berliner Architekt eine Frau anschleppen, die auch am Computer arbeitet, und zwar gleich morgens.

Ich fühlte mich nicht besonders an diesem Morgen, schon im Voraus war mir alles zuviel. Der Berliner kam mit der brasilianischen Dame, ließ mich auch noch mit ihr allein und holte so ein Meeresfrüchte-Zeug zum Essen. Machte dann Fischsuppe heiß, schnitt Brot auf und schüttete Austern, Bigorots, Nordsee-, Tiefsee-und atlantische Krabben auf den Teller, dazu blaue Weintrauben. Das ozeanische Frühstück zog sich hin bis 14 Uhr. (Oh, ja, ich mache mich langsam an das heran, was ich berichten will.)

Ich richtete mich darauf ein, daß, nachdem die weg waren, Einkauf und Putzen, Haarewaschen und Umziehen bis 18.00 Uhr gelaufen sein müßte, damit ich wohl-durchatmend und gelassen die Reise zum Flughafen Aéroport Charles de Gaulle schaffen könnte. Das alles ist mir gelungen.

Am Aérogare I, Arrivé Lufthansa, hatte ich Zeit für ein Croissant, ein Stück Torte, zwei Kaffees und konnte auch noch einen Euroscheck in Franken wechseln. Der Flug hatte 15 Min. Verspätung, doch dann war die Maschine gelandet, und die Passagiere sollten am exit gate 6 herauskommen. Aber mein Besuch kam nicht heraus. Nach einer 3/4 Std. Wartezeit nahm ich Kontakt zum Douanier auf, er sollte mir sagen, ob noch jemand aus Hamburg nicht

durch sei. Ich durfte, welch Ehre, in das streng bewachte
Niemandsland des Arrivé hineingehen, und eine kecke
Dame von Lufthansa war sogar bereit, den Computer nach
meinem Passagier abzufragen. Der war aber gar nicht mit-
geflogen. Warum hatte er mir kein Telegramm geschickt,
daß er nicht kommt?
Ich suchte eine Telefonzelle, fand aber keine für Münzen
und hatte leider keine Karte.
Bin dann zur Vorortbahn gegangen, wollte später von zu
Hause aus telefonieren.
Mittlerweile war es ungefähr 22.30 h. Schließlich war die
Bahn da. Ich stieg irgendwo ein, setzte mich hinten an die
Wand, ich hatte immerhin 3 Std. am Aéroport gewartet
und war jetzt noch durchge-x-ter als am Morgen, frustriert
und beunruhigt zugleich. Ich war eigentlich außerhalb
und konnte mir nichts mehr erklären. Es saßen nicht viele
Leute im Zug, hauptsächlich schwarze Frauen, die wohl
am Flughafen verdeckte, unsichtbare Jobs machen, in den
Küchen oder so..
Ich saß allein in meiner Vierer-Koje am Waggonende. Eine
Koje vor mir, auf der anderen Seite, saß ein amerikani-
sches Paar mit viel Gepäck, frisch eingetroffen aus USA, so
um die 20 Jahre alt.
Dann kam so einer von diesen Typen in den Wagen, die
man von der rue St.Denis kennt, oder auch vom Pick
Klopps. Wie soll man den Typen beschreiben, er war kein
Rocker, er war auch kein Dealer, die sind immer sehr elegant, im Nachherein muß ich sagen, er war ein sehr
moderner Kämpfer...
Der setzte sich in die Vierer-Koje neben den Amerikanern
und zugleich vor mir. Kurz darauf stieg noch ein Schwarzer ein, mit stilvollem Haarschnitt und auch so Klamotten
von der rue St. Denis. Der setzte sich vier Kojen weiter
weg. Der Zug war gerade mal 5 Minuten gefahren, da

113

stieß dieser Typ, der in der Koje vor mir saß, mit gering-
stem stimmlichen Aufwand einen leisen Pfiff aus, in Richtung auf den Schwarzen, der ihm den Rücken zudrehte,
aber sofort aufstand und im Gang neben den beiden
Amerikanern stehen blieb. Von dem, der vor mir saß,
konnte ich nur noch den Haarschopf erkennen, der hatte
sich geduckt.

Er und der Schwarze, die zunächst einmal so getan hatten,
als wären sie irgendwer, waren ein Team, und sie raubten
vor meinen Augen dieses jugendlich euphorische amerika-
nische Paar aus.

Der Geduckte muß ein Messer oder eine andere Waffe
gehabt haben, er gab die Befehle ohne Worte. Ich sah
nur, wie geschwind der junge Amerikaner seine Börse
herausholte und sofort alles abgeliefert hat. Kein Ein-
spruch. Der kam von der für mich unsichtbaren und so
hautnah spürbaren Bedrohung des Schopfes: Er machte
nicht Halt vor dem Mädchen, und auch sie rückte alles
heraus.

Wie soll ich es sagen, als der Typ dem Schwarzen das
unmerkliche Zeichen gab, wurde mir *siedendheiß*, will
sagen, man fühlt, plötzlich, in allen Lebensnerven Gefahr.
Die Zeit hält an, die Luft bleibt stehen. Man spürt, hier ist
Leben oder Tod, hier ist alles ganz ernst, verdichtete Mate-
rie, aufgeladen mit Gewalt. Und weiß noch gar nicht, wor-
um es geht. Bislang kenne ich nur die harmlosen Musikan-
ten in diesem Zug, die etwas spielen und dann mit dem
Hut herumgehen. Aber daß jemand so brutal abkassiert, in
Sekundenschnelle mit einem solchen Gewaltpotential, das
war neu.

Mein Portemonnaie schoß mir in den ausge-x-ten Kopf:
Meine gerade am Flughafen geholten 1400 frs. plus
200 frs., die noch von vorher drin waren.

Jetzt bin ich dran. Erstens habe ich alles gesehen und

zweitens werden sie auch von mir alles haben wollen.
Mein Blut stockte in sämtlichen Adern, besonders im Kopf,
die Haare standen wirklich richtig ab. Mein Geld, ich will
ihnen mein Geld nicht geben. Alles ging so furchtbar
schnell in diesem bewegungsfreien Raum, meine Erstar-
rung hatte mich schon an jeder Hilfsaktion für die Amerikaner gehindert. Auch ich werde ihnen wehrlos alles hergeben müssen...
Da plötzlich geschah ein Wunder. Der Schopf stand auf,
und die beiden Räuber enteilten durch den Gang in Richtung auf den nächsten Waggon, an den schwarzen Frauen
vorbei. Sie haben mich verschont!!! Soviel kapierte ich
sofort.
Da sieht sich der Schopf noch einmal kurz um: Die Augen
des Jägers, nein, des Wilddiebs treffen mich: Er zwinkert
mir zu!!!! Er löst mir, der von dem entsetzlichen Geschehen völlig Versteinerten, die Schlinge vom Hals. Warum
haben die Räuber mich verschont??? Warum haben sie
mich nicht ausgenommen, ich war ein perfektes Opfer in
meiner Ecke ohne Ausweg. Und ich, die eben noch
Bedrohte mit den hochroten Ohren und den zu berge-ste-
henden Haaren, empfand schon Sympathie für die Jungs,
und habe, was für eine Schande, in der ersten, wiederge-
wonnenen Regungsmöglichkeit wie in Zeitlupe und hoffentlich unmerklich zurückgezwinkert.
Und die arme kleine Amerikanerin weint.
Mit wem hab ich nun mehr Sympathie, mit den Räubern,
die sehr differenziert raubten oder mit dem enttäuschten
Liebespaar. Ich habe den Verbrechern zurückgezwinkert,
erstmal aus Dankbarkeit. Schließlich haben sie mich verschont. Aber damit habe ich mich zur Komplizin gemacht,
die Amerikaner verraten, bestimmt haben sie mein Zwinkern bemerkt und glauben nun, daß ich zum Team
gehöre.

Von diesen Überlegungen bekam ich so ein schlechtes
Gewissen, daß ich dachte, nun muß ich den Amerikanern,
die alles verloren haben, all mein Gerettetes geben. Der
Zug fuhr weiter, in Richtung Gare du Nord, wo ich umsteigen mußte. Ich muß den beiden Geld geben, das ist klar,
aber alles, ist das nicht zuviel? Je länger der Zug fuhr,
desto kleiner wurde mein schlechtes Gewissen. Die Amerikaner sind bestimmt viel reicher als ich...vielleicht reicht
es, wenn ich ihnen nur die Hälfte abgebe... kurz vor dem
Gare du Nord hatte ich mein schlechtes Gewissen auf
200 frs heruntergehandelt.
Ich stand auf, beugte mich zu den Ausgeraubten, die
immer noch völlig verwirrt und verzweifelt waren, und
reichte ihnen den 200er-Schein. „Ich habe alles gesehen",
sagte ich, „ich bin nicht reich, aber das Geld wird für heute abend reichen, zum Telefonieren oder so." Die beiden
begossenen Pudel starrten mich an wie ein Gespenst.
„Nein, nein", wehrten sie unverständlicherweise ab, ich
mußte ihnen das Geld geradezu aufdrängen, und kam mir
selbst völlig unwirklich vor.
Ich wollte aber unbedingt ihren schlechten Eindruck von
Paris irgendwie ausgleichen.
Die beiden müssen das als völlig verrückt erlebt haben.
Erst wird ihnen alles Geld geklaut, und dann bekommen
sie Geld geschenkt...Fremden Geld klauen ist irgendwie
normaler, als ein Fremder, der einem Geld schenkt...
Ich stieg aus und wollte auf keinen Fall umsteigen, auf
keinen Fall weiter bahnfahren, ich wollte ein Taxi nehmen, denn jetzt war es lange nach 23 Uhr. Ich war aber so
verwirrt, daß ich den Ausgang nicht finden konnte, irrte
durch die schrecklichen unterirdischen Gänge des Gare du
Nord, hierlang, dalang, Treppen und Kacheln, immer
weniger Menschen, endlos, dann endlich, da!, aber wieder
kein Sortie, kein Ausgang, nur Correspondence, Umstei--

gerweg, Mist! Vereinzelte, bedrohliche Gestalten, Ge-
lichter, sicher zu Unrecht verdächtigt von der immer noch
an den Raub gefesselten Wahrnehmung. Irgendwo kam
ich plötzlich oberirdisch raus.
Desorientiert zu sein, um diese Zeit an diesem Ort, das ist
nicht gut. Auf der Erde, im Dunkeln, war vom Gare du
Nord weit und breit nichts zu sehen. Wer weiß, wie weit
ich unterirdisch gelaufen bin... Eine Riesenkreuzung, welche Straße, wolang? Irgendwo lang, nur nicht stehenblei-
ben und nicht wissen wohin. Dann endlich ein Mensch,
eine Frau, ich fragte sie, wo der Bahnhof sei, ich Dumme,
ich kannte doch die Antwort im Voraus, diese schlimme,
völlig gleichgültige immer gleichlautende Antwort für Tou-
risten: „C'est par là, à droite, à gauche...(dalang, erste
rechts, zweite links..).“ Aus einer Bar purzelten die letzten
betrunkenen Gäste in die Nacht. Bar, was sage ich, Spe-
lunke.. Einer der Besoffenen jaulte mir hinterher „Mauricette, attends- moi, je viens, j'arrive... (Mauricette, wart auf
mich, ich komme...)“ - *Mauricette*.. auch das noch! Da sah
ich einen unbeleuchteten Polizeiwagen. Ich klopfte ans
Fenster, da saß eine 18-jährige blonde Politesse am Steuer,
drehte die Scheibe herunter und sagte mürrisch genervt,
zum Gare du Nord ginge es dort lang, erste rechts, zweite
links... Wie durch ein Wunder stimmte es diesmal.
Der Gare du Nord, mein kalter Nordbahnhof, seine gelben
Lampen leuchteten mir auf wie der Stern von Bethlehem.
Ich trat an den Schluß der Taxenschlange in das Sperrgitter. Alle dreihundert Wartenden vor mir waren mir lieb. Je
mehr Menschen, desto besser. Schritt für Schritt rückte ich
auf. Das soll ruhig lange dauern, dachte ich, da kann ich
vielleicht langsam zu mir kommen.
Zum Taxifahrer wollte ich unbedingt irgend etwas völlig
Normales sagen: der Andrang sei ja wohl nicht verwunder-
lich am Freitag abend. Der antwortete: „Wieso Freitag,

heute ist doch Donnerstag." Peng. Das saß.

Ich war im falschen Tag!!! Mein Besuch war gar nicht
nicht-angekommen, ich hatte im falschen Zug gesessen
und konnte folglich auch nicht ausgeraubt werden, und
deshalb wollten die Amerikaner die 200 frs. gar nicht
haben, die ich ihnen richtig aufdrängen mußte...

Dem Taxifahrer gab ich 15 frs. Trinkgeld, weil er mir die
Wahrheit gesagt hatte.

Ein kleines Stück Schokolade

Ich will versuchen, eine Nuance zu beschreiben, ein ganz kleines Ereignis, das Wenige, das so viel in mir ausgelöst hat. Ich will versuchen, ein Gefühl zu beschreiben.

An einem heißen Sommertag saß ich mittags im Café Bonaparte. Es war so heiß draußen, daß ich einen Platz drinnen im Lokal ausgesucht hatte, an der Wand vor den Spiegeln auf der gepolsterten Bank. Hier gibt es die ganz kleinen Ein-Mann-Tische, an denen Fremde bis auf Tuchfühlung aneinandergereiht werden. In Paris wird jeder Quadratzentimeter genutzt, ganz besonders um die Mittagszeit, wenn alle Franzosen zwanghaft essen müssen. Ich versicherte mich, daß rechts und links und gegenüber Plätze frei waren, denn ich wartete auf zwei Frauen. Die eine, die ich erst am Vortag kennengelernt hatte, würde bestimmt kommen. Das wußte ich. Die andere, die ich schon seit Jahren kenne, hatte sich mit Vorbehalt auf die Verabredung eingelassen. Aber sie würde kommen, auch das wußte ich. Denn erstens sie hat sich den französischen Gebräuchen außergewöhnlich gründlich angepaßt, zweitens ist sie gesellschaftssüchtig und besonders neugierig auf *neue Leute*, drittens ist ihr das selbst peinlich, und deshalb tut sie nur so, als könnte sie es vielleicht zeitlich nicht einrichten.

Ich hatte einen Zeitungsartikel mitgebracht. Eine schmeichelhafte Kritik über meinen soeben erschienenen, umstrittenen ersten Roman. Der spielte eine wichtige Rolle, war sozusagen der Anlaß für dieses Treffen. Denn die fremde Frau hatte mich deshalb kennenlernen wollen, und die andere, die Freundin, kommt darin vor.

Während ich wartete, setzte sich ein kleiner, älterer Mann neben mich auf die Polsterbank und bestellte sein Mittagessen. Ich trank erstmal nur Wasser, sah ihn aber an, und wir nickten uns freundlich zu. Das tut man so in Paris, um sich Mut zu machen, die Unbillen des Alltagslebens nicht allzu ernst zu nehmen.

Da kam die neue, noch fremde Frau als erste an. Sie setzte sich nicht neben mich in die Intimität der Polsterbank, sie nahm den Stuhl mir gegenüber. Von dort hat sie keinen guten Blick, dachte ich. Sie ist zu Besuch in Paris, und ich hätte ihr die so unerhört ergiebige Aussicht auf das bunte Treiben auf dem Platz vor dem Café gewünscht. Man möchte immer, daß Besuch möglichst viel von den Pariser Reizen mitbekommt. Fast hätte ich etwas gesagt, ließ es aber wohlweislich bleiben. Jeder soll Paris auf seine Weise entdecken, man schafft nicht alles auf einmal. Ich habe es aufgegeben, meine Besucher mit Wahrnehmungs-Tips zu überfordern.

Wir tauschten die Wangenküsse zur Begrüßung und versicherten uns gegenseitiger Sympathie.

Da kam die Freundin dazu. Natürlich setzte sie sich ohne Zögern neben mich auf die Bank, nachdem sie sich höflich und überaus bereitwillig mit der *Neuen* bekannt gemacht hatte. Dann lasen beide, jede auf ihre Weise, die Kritik durch: Die Freundin überflog den Text in Windeseile, wie eine Nebensache, die Neue gründlich, Wort für Wort.

Die beiden Frauen mochten sich. Zwei Blondinen, dachte ich. Blondinen haben in Paris *einen Turm voraus*. Ich bin nur eine banale Brünette und lehnte mich zurück, denn das Gespräch funktionierte jetzt ohne mich. Ich fühlte mich wie die Organisationsleitung einer gelungenen Veranstaltung, die von allein weiterläuft. Beide Blondinen haben erwachsene Kinder und das Thema war Kinderpsychologie. Ich fühlte mich entlastet, nicht etwa entlassen oder ausgeschlossen, weil ich keine Kinder habe. Im Gegenteil empfand ich mein Ausgeschlossensein als wohltuend, erholsam. Eine einfache Brünette, die nicht selbstdarstellerisch vorturnen muß.

Da stand der freundliche alte Mann neben mir auf, nachdem er sein Essen mit dem kleinen schwarzen Kaffee beendet, formvollendet abgeschlossen, abgerundet hatte. Er rückte seinen Ein-Mann-Tisch zur Seite, um elegant durch die Enge von der Bank auf den Gang zu gelangen. Dabei griff er nach dem ganz kleinen Täfelchen Schokolade, das man zum schwarzen Kaffee bekommt, und legte es mir wortlos lächelnd, ermunternd lächelnd, fast zwinkernd hin. Ich spürte eine tiefe Wärme, eine ganz andere als die der Außentemperatur.

Während die beiden Blondinen sich zu immer kühneren Aufschwüngen durch die Kinderpsychologie hochschaukelten, hatte ich unmerklich einen Freund gefunden.

Ich steckte das Stück Schokolade in den Mund, und es verwandelte sich in ein feines schwarzes, zartbitter-süßes Seidenkleid für alles, was so absolut unsichtbar in mir ist. Ein maßgeschneidertes Gewand zum zarten Schutz meiner allerinnersten Verletzlichkeit. Und das, stellen Sie sich das mal vor, habe ich plötzlich gefühlt. Was für ein einmaliges, unendlich großes, kostbar köstliches Geschenk!

Wie im Film

Ein amerikanischer Freund besuchte mich in meiner Mansarde. Er ist Architekt und baut seit über 10 Jahren an einem Bauernanwesen auf dem Land herum. Seine *ferme* ist sein Lebensinhalt. Alle wissen, daß er nie damit fertig werden will, außer den Handwerkern, die es einfach nicht aushalten können, daß sie immerfort alles, was sie gerade mühevoll aufgebaut haben, wieder einreißen müssen. Bob muß jetzt Handwerker aus ferneren Gegenden engagieren, weil er die aus dem Landkreis alle traumatisiert hat.

Bob konnte sich nicht über meine Dusche beruhigen. Sie befindet sich vor dem WC unter einer Art gekacheltem Kofferdeckel im Fußboden, der sich an einem Griff öffnen und an der Wand einhaken läßt. Dazu gibt es ein rundes Klappfenster in der Wand, ein Bullauge aus Milchglas, das Waschbecken davor hat die Größe einer Tafel Schokolade. „Das ist Paris, auf kleinstem Raum praktisch, genial", schrie er, „sowas will ich auch haben, ich weiß auch schon, wo ich das einbauen lasse!" Und dann sagte er „You are living in a movie!"

Damit hat er recht. Ich lebe in einem Dekor, in einer Situation, die schon fast klischeehaft alle Vorstellungen vom Leben einer Künstlerin in Paris erfüllt, unter dem Dach in einem kopfsteingepflasterten Hinterhof zwischen den Küchen von 2 Restaurants. In meinem Hinterhaus befinden sich 6 Appartements. Unter all den Leuten, die hier wohnen, gibt es nur eine einzige Person, die einer geregelten Tätigkeit nachgeht, also zu festen Zeiten morgens das Haus verläßt und abends zurückkehrt, was man am Abschiedsgewinsel und Begrüßungsgejaule ihres heiseren Pudels erkennen kann.

Ganz unten wohnt eine englische Botschafter-Witwe mit ihrer erwachsenen, halb-mongoloiden Tochter. Die Mutter trägt Cordhosen, Turnschuh und einen Anorak, dessen Kapuze sie sich an der Kordel unter dem Kinn festbindet. Manchmal füttert sie die Tauben im Hinterhof, obwohl da immer Essens- und Brotreste vom Restaurantabfall neben den Mülltonnen liegen. „Die Menschen sind gemein zu den Tauben", sagt sie. „Man darf ihnen keine Brotkrümel geben, die sind unbekömmlich für Vögel, die brauchen Körner." Dann sieht sie mich aus weltfremden, großen, wässrigen Kinderaugen an und fügt melancholisch hinzu: „Ich denke manchmal, wir Menschen sind die böseren Tiere." Ihre Tochter hat einen fleischigen Körper, aus dem überfällige Sexualität herausquillt, und bei jedem Schritt überschwappt. An den Händen trägt sie zu jeder Jahreszeit selbstgestrickte Wollhandschuh über den eigenwillig abstehenden Fingerknöcheln. Beide sprechen ein grammatikalisch lupenreines Französisch mit Oxford-Akzent. Wenn ich ihre Stimmen höre, denke ich oft, daß sie sich nicht unterhalten, sondern auf Tonband sprechen, ihre Renten vielleicht mit Synchronisieren aufbessern. Sonntags, aber nur, wenn es draußen sehr heiß ist, zanken sie sich. Sie schreien sich an, genauer: die Tochter schimpft heftig und lautstark auf die Mutter ein und nicht selten höre ich die Geräusche von umfallenden Gegenständen und klatschenden Schlägen auf nackte Haut.

Neben ihnen wohnt der jüngste Sohn aus dem französischen Restaurant im Vorderhaus, ein Familienbetrieb. In dieser Familie ist tatsächlich immer Betrieb. Die französische Krachmacherfamilie hat das Restaurant übernommen, als ich eingezogen bin, und seitdem breitet sie sich ständig weiter aus. Erst wurde die Etagenwohnung über dem Restaurant besetzt, dann eine Vorderhausmansarde bevölkert, das Restaurant mit einem Nudelimbiß erweitert, den der ältere Sohn mit seiner langbeinigen Côte-d'Azur-Schönheit bewirtschaftet. Madame Mère, die Mutter, steht zwischen den Mahlzeiten im weißen Kittel vor dem Haus und quatscht mit allen Leuten. Sie hat das ganze Viertel fest im Griff. Monsieur ist ein richtiger Patron, rund und dick wie eine Kraftkugel, ein Koch, dessen Spezialität der Nachtisch ist.

Ihren Jüngsten haben sie also hier im Hinterhaus untergebracht. Er ist klein und schmal, und ich habe ihn noch nie gehen sondern immer nur laufen sehen. Er läuft wie Tim und Struppi in einem, besonders nachts, wenn er nach dem Kellnern im Restaurant über das Kopfsteinpflaster des Hinterhofs in seine Bude rennt, um sich atemlos in den Disco-outfit zu stürzen. Für die 5 Minuten, die er dazu braucht, schmeißt er die Stereo-Anlage an. Er ist das Sorgenkind.

Eines nachts gab es Krach. Da hat der Patron seinen Taugenichts verprügelt. Der dicke Koch drosch auf ihn ein, der heulend schrie: „das darfst du nicht mehr, ich bin jetzt groß", um dann durch den Hinterhof auf die Straße wegzulaufen. Der dicke Vater hinterher, mit geschwungenem Kochlöffel, wie die Witwe *Bolte* bei Wilhelm Busch hinter den Hühnerdieben Max und Moritz, vorbei an Madame, die schweigend in der Toreinfahrt stand und das Spektakel streng aber tatenlos verfolgte...und die Mutter blickte stumm auf dem ganzen Tisch herum...Der atemlose Patron kam schnaufend allein zurück, schnappte sich die Ehefrau und vögelte sie lautstark im ersten Stock des Vorderhauses durch, während der böse Bube weinend in sein Kämmerlein zurückschlich. Der entladene Papa kehrte dann an das Bettchen zurück, und tröstete sein Baby bis zum Morgengrauen.

Darüber wohnt die Frau mit der geregelten Tätigkeit und dem Pudel. Am Wochenende empfängt sie einen gutbürgerlich genährten Geliebten.

Daneben lebt ein junges Paar. Er muß italienischer

Abstammung sein, denn er sieht aus wie ein jugendlicher Buffo und mit zuviel Kraft, was man nicht nur an dem mächtigen Türenknallen erkennen kann sondern auch an den Übungen, die er mit seiner Freundin im Akt vollzieht. Dann dreht er die Bums-Musik lauter, aber nicht laut genug, um die Koloraturtöne seines Weibchens zu vertuschen, die er dabei gründlich vermöbelt. Sie muß Gesangstudentin sein, etwas anderes kommt bei der Stimme einfach nicht in Frage.

Neben mir befindet sich das Kontor des japanischen Restaurants, dessen Küche ebenfalls im Hinterhof ist. Der japanische Koch wieselt mehrmals täglich herauf, ich erkenne ihn am klingelnden Geräusch seines überfüllten Schlüsselbundes im doppelverriegelten Sicherheitsschloß. Dann traue ich mich nicht aufs Klo und schon gar nicht in die Kofferdeckeldusche, weil meine Geräusche und mein Schattenriß durch das Bullauge, ein *Was iees daas*, ins Treppenhaus dringen. Die indischen Küchenjungen schnaufen schwerfällig herauf, um kistenweise eingeschweißte Papierserviettenstapel anzuschleppen, die sie dann einzeln wieder hinuntertragen müssen. Vor ihrem Kücheneingang liegt freitags ein großer, vollständiger Thunfisch auf einer Styroporbox. Über den erschrecke ich mich jedes Mal, wenn ich die Treppe herunterkomme. Die Katze der Engländerinnen kann sich über den Anblick genauso wenig beruhigen wie ich. Mit gesträubtem Fell und aufgeplustertem Schwanz schleicht sie breitseitig auf Zehenspitzen darum herum, wie in einem religiösen Ritual. Niemals würde sie es wagen, sich über dieses Fischwunder herzumachen. Es ist zu groß und zu heil zum Aufessen.

Abends füllt sich der Hinterhof mit vielen Geräuschen. Seit dem letzten Winter ist ein neues hinzugekommen: Einer nach dem anderen hört seinen piependen Anrufbeantworter ab.

Morgens stehe ich auf, wenn ich ausgeschlafen habe. Das kann früh oder spät sein, je nach dem, wann ich ins Bett gekommen bin. Ich ziehe mir den grüngrau bedruckten antiquarischen Morgenrock aus Miami über und schlüpfe mit nackten Füßen in rote Pumps. Als erstes zünde ich mir eine Zigarette an, dann klappere ich über die gebrannten Tonkacheln in meine kitchenette, wo ich einen Topf voll Wasser auf die Heizplatte setze, die in die Anrichte vor dem Fenster zum Hof eingebaut ist. Das Fenster ist halb geöffnet. Das Fenster gegenüber steht ebenfalls offen, dort wird gerade eine Wohnung renoviert. Der hübsche Handwerker hat schon auf meinen Anblick gewartet, wünscht mir einen guten Morgen und schaut zu, wie ich Nescafé in meinen Bol schütte, den Kopf einziehe, um unter die Schräge über dem Kühlschrank zu tauchen und die Milch herauszuziehen. Dann verschwinde ich mit dem Kaffee aus seinem Blickwinkel an meine Bar. Ich setze mich auf den hohen Hocker, schlage die nackten Beine mit den roten Pumps übereinander, der angenehme, ungebügelte Stoff des Morgenmantels teilt sich verführerisch. Zu Zigarette und Milchkaffee spiele ich eine Patience und schalte meinen veralteten Kassettenrekorder ein. Der Handwerker kratzt gegenüber an den Wänden, während ich die Szene mit 30er-Jahre-Chansons der berühmten Freyelle untermale: „...Où sont tous mes amands, tous ceux, qui m'aimaient tant... (Wo sind all meine Liebhaber geblieben, alle die, die mich so sehr geliebt haben...)"

Ja, ich lebe in einem Film. Ich weiß nur nicht, ob es sich um ein Melodrama, einen Krimi oder ein Lustspiel handelt. Auf jeden Fall ist es immer ein Liebesfilm.

Robert

Eines abends kam ein Anruf. „C'est Robert!" Ich kenne keinen Robert. „Haben wir uns nicht bei Scott gesehen,
gestern abend?" - Nein. Ich bin schon lange nicht mehr bei
einem Scott-Diner gewesen, und gestern abend war ich
allein zu Hause, allein und traurig. „Dann habe ich mich
verwählt. Aber Sie haben so eine angenehme Stimme, ich
würde Sie gern kennenlernen, ich arbeite in der Filmbran-
che. Ich möchte Ihnen gern eine Kassette schenken. Können wir uns nicht einmal sehen?" Ich fand seine Stimme
auch nett. Und überhaupt empfand ich diesen unerwarte-
ten Anruf als angenehme Überraschung. *Scott* erschien mir
als ein Schlüsselwort. Scott ist nett.
Bei Scott hatte ich A. kennengelernt. Ach, wie lange ist
das alles her! Und wie sehr habe ich den Schmusekater
wohl enttäuscht, weil ich mich von ihm ab- und A. zuge-
wandt habe. Ich weiß, daß Scott über meine dramatische
Trennung von A. informiert ist. Schickt er mir deshalb
einen *neuen Mann*?
Ich sagte der Telefonstimme ein Rendezvous zu. Wie sollte man sich im Café erkennen? „Je suis brune", sagte ich,
und meinte damit meine Haarfarbe. „Ah, ich liebe braune,
ich bin selbst braun, von den Antillen, aber sehr hell-
braun." Da verstand ich, daß er ein Farbiger war. Aber
meine Hautfarbe ist ja weiß. „Oui", sagte ich, „moi, je
suis brune et ma copine est blonde." Er verstand diese
Bemerkung.
Wir trafen uns im Café de l'Opéra, dort, wo ich schon einmal mit dem rosig-gelbbraunen Araber gesessen hatte.
„Qu'est-ce que vous aimez, was lieben Sie?" fragte er
mich. Ich betrachtete ihn. Er war schön angezogen, hell-
braun, wie angekündigt, seine Stimme war auch in Wirklichkeit angenehm. Meine Antwort wartete er nicht ab,

und sagte: „Moi, j'aime dominer."

Ich sah ihn an. Er war schön anzusehen. Er dominiert gern? Was sagt er mir da? Hat A., *mein maître*, nicht selbst noch nach der Trennung behauptet, „du brauchst das, gibs zu?" Und Scott schickt mir einen Mann, der mir so eindeutige Anträge macht? Vielleicht brauche ich wirklich meine Unterwerfung im erotischen Spiel , A. hat mir vielleicht die Augen geöffnet für meine bislang versteckte Leidenschaft? Und hier, dieser Fremde, der dominieren möchte, der schön aussieht, vielleicht hat mir den das Schicksal beschert. Mit ihm kann ich jetzt, muß ich jetzt ausprobieren, ob A. wirklich recht hat. Ob ich die körperliche Peinigung tatsächlich zu meinem *Glück*, oder besser zum *Horror vor dem Glücklichsein* brauche?

„Du bist hübsch", sagte der fremde, hellbraune Robert am Caféhaustisch, „hübscher als ich erwartet habe. Ich komme morgen zu dir, schenke dir meinen Film, und dann möchte ich dich einladen, nach Cannes, zu den Filmfestspielen. Hast du Zeit, kannst du mich begleiten? Sag ja, ich komme morgen mit der Fahrkarte. Willst du?" – Ich wollte wohl, daß er zu mir kommt, ob ich mit nach Cannes fahren würde, wußte ich nicht.

Am nächsten Tag kam er mittags in mein Appartement. Ich öffnete ihm die schräg abgeschnittene Eisenfeuertür. Cannes interessierte mich nicht, ich wollte mehr über das wissen, was er mit *Domination* bezeichnet hatte.

An meiner Bar aßen wir sein großzügigerweise mitgebrachtes Huhn. „J'aime dominer" wiederholte er, den Hühnerknöchel in der Hand. Bislang hatte ich all seine Hinweise darauf zwar scharf beobachtet, aber ich wußte immer noch nicht, ob er den beruflichen Erfolg oder den Sex meinte. Hatte er doch erzählt, daß er 40 Tausend Franken im Monat verdient und alles bekäme, was er haben wolle; daß er Kampfsport treibt und immer siegt.

Ich wollte es genauer wissen. Deshalb machte ich eine
Vorgabe: „Et moi, j'aime être dominée", brachte ich mutig
hervor. Er legte den Hühnerknöchel beiseite. „Wie sind
deine Erfahrungen, qu'est-ce que tu prends, wie weit
gehst du ?"
Ich hob langsam meinen Kopf, meine Augen suchten seinen Blick hinter den Brillengläsern. Ich hatte Herzklopfen,
fühlte eine große innere Spannung. Ich war gespannt auf
mich selbst. Wie seltsam ruhig und langsam und präzise
kam meine Antwort: „Je prends des baffes, des coups de
pied; des coups de martinet mais seulement sur les fesses,
pas sur les seins. Ich nehme Ohrfeigen, Fußtritte und die
Peitsche, aber nur aufs Hinterteil, nicht auf den Busen."
Das war also meine Liste! So präzise und übersichtlich wie
die Angebote der Peepshow-Damen. Roberts braune
Augen fingen an zu funkeln. Sein Kampfsportkörper
straffte sich noch mehr.
„Komm her", befahl er, und ich ging langsam um die Bar
herum auf ihn zu, langsam, konzentriert. Trotz meiner
inneren Aufregung. Ich sah Robert immer noch in die
Augen, und mir war, als würde ich jetzt geradeaus auf
eine Tatsache zugehen. Ich habe Lust darauf, mich diesem
fremden braunen Robert hinzugeben, der so zielbewußt ist
und einen kraftvoll-sehnigen Körper verspricht, und Braun
vermittelt auch immer etwas Weiches. Wie er wohl nackt
aussieht? Wie wird seine Haut sein, welche Form hat seine
Hauptsache?
Mit einem überaus festen Griff riß er mich an sich, trieb
mich in den zweiten Raum meiner Mansarde, auf den rosa
Wollteppich. Dort schlug er mir ins Gesicht, ganz so, als
hätte ich es nicht anders gewollt, so als ob er es besser
könnte als alles, was ich jemals erlebt habe..,. Dabei zog
er seinen Gürtel aus dem Hosenbund, der sauste nur so
aus den Schlaufen. Meine und seine Kleider fielen zu

Boden. Ich sah seine braune Haut. Er war fast kindlich gebaut, jung, weich und doch voller Kraft, die mir trainiert erschien, nicht lieb, nein, auf ein Ziel gerichtet, das in mir liegen sollte?....

Meine Haut ist einfach nur da. Mein Körper darunter hat keine trainierten, gestählten Muskeln. Meine Haut, mein Körper und das elipsoide Ich unter der Schädeldecke, alles das vermischt sich und möchte berührt, geführt werden, aufblühen.

Ich sah kurz sein erregtes, mittelgroßes Glied, und dann sah ich nichts mehr.

Er bearbeitete meine Rückseite. Er hieb mit dem Ledergürtel auf mich ein wie ein Rasender.

Wenn es zwischen den Körpern von 2 Menschen einen sexuellen Wunsch gibt, treten sie in ein anderes Land ein. Ein Land, in dem es warm ist und die Nacktheit angenehm. Selbst, wenn man die Augen nicht schließt, hören sie auf, zu sehen. Die Sprache verwandelt sich in leise Laute, in Geräusche, denen man nicht lauscht, man ist in ihnen wie im Wasser. Das, was man sonst spricht, um sich zu verständigen, übernimmt die Haut. Worte sind weg. Die Haut fühlt. Berge und Täler, die Loopingbahn.

Die Schläge von Robert rissen mich aus diesem Land heraus. Ich fand mich plötzlich nackt und frierend am Boden, auf dem rosa Teppich meiner Mansarde, das schräge Lukenfenster stand offen. Mein Hinterteil tat fürchterlich weh, der Schmerz meiner Haut schrie. Robert war so nah und doch ganz woanders. Er riß meine Hinterteilhälften auseinander und wollte mich dort penetrieren. Ich war aber aus dem warmen, weichen Land, in dem es keinen Druck gibt, herausgefallen. „Nein", schrie ich, „nein!"- „Du mußt", schrie er zurück. „Ich will nicht, ich kann nicht", heulte ich. „Sie still", brüllte er mächtig. „Es muß sein!!! Wenn du nicht willst, muß ich dich vergewaltigen!"

Meine Liste fuhr mir in den Kopf. Von *enculer* hatte ich nichts gesagt. Und wir hatten nicht abgesprochen, wie man die Domination abbrechen kann, wenn sie zu weit geht. Er hatte mir keinen Schlüssel gegeben. Er war kein Künstler, kein Ästhet, unsere Körper waren nicht in dasselbe Ausland gereist.

Ich war schon wieder auf dem Boden von Paris und konnte blitzschnell begreifen. Ich hielt meine Stimme an. Er bekam seinen Willen und brüllte aus der Ferne sein gewaltiges Lied. Es tönte durch das offene Dachlukenfenster und verfing sich in den Mauern des Hinterhofs. Ich hörte nur das Echo, und wußte, jetzt ist es vorüber. Der fremde Robert kam mir jetzt noch fremder vor. Es hatte keine Annäherung im Sex gegeben, nein, Schrecken und Angst und Abwehr. „Du bist keine Soumise", sagte Robert, während er sich unzufrieden und zugleich etwas verlegen anzog. Er war aus seinem ganz anderen Land zurückgekehrt, in das ich ihm nicht folgen konnte. Auf halbem Wege war ich umgekehrt, hatte ich ihn allein weitergehen lassen. In das Land der Gewalt, die nichts mit Erotik zu tun hat.

Er verabschiedete sich hastig wie ein Dieb. Ohne auch nur ein einziges schmeichelhaftes Wort, ohne eine Spur von Ticket nach Cannes... Nur die Hühnerknöchel lagen noch auf dem Teller, und daneben seine Video-Kassette. Ich warf alles in den Müll. Hinsetzen konnte ich mich nicht. Mein Hinterteil hatte keine zartgrünen und hellblauen Streifen, wie vom Aquarellpinsel gemalt. Es zog sich in einem einzigen tiefschwarzen Fleck zusammen. Der Rücken tat mir weh und die Arme, der Hals, alle Muskeln, alle Fasern meines Körpers fühlten sich geschunden, und dazu gekränkt, beschmutzt. Das elipsoide Ich im Kopf konnte den Schmerz nicht aufnehmen, es ließ den Körper allein, in dem schwarzen Fleck ertrinken. Ich stand neben

mir. Auf dem rosa Teppichboden, unter dem Dachlukenfenster, ein sehr konkreter Windzug traf mein Gesicht, war
es meins? War diese Wohnung meine? Ich stand da, wie in
einem fremden Mantel.
Und blickte abwesend aus dem Mansardenfenster: Graue,
verlebte Mauern, viel zu dicht. Schön ist etwas anderes.
Die Aussicht ist schlimmer als die Gitter von einem
Gefängnis. Warum bin ich hier, in der Fremde? Warum
halte ich das durch? Und ich sah mich als alte, zusammen-
geschrumpfte Frau, die all ihr Leben an eine schwarze
Katze abgegeben hat.
Noch am selben Abend war ich bei A. zum Essen eingeladen. Ich fuhr hin. Ich saß ihm gegenüber am antiken
Holztisch. Merkte nicht, was ich aß, hörte die Musik nicht,
die er mir vorspielte, konnte weder reden noch sprechen,
vor allem nicht sitzen. Ich wand mich nur so in dem grü-
nen englischen Sessel von Armlehne zu Armlehne, hing
zwischen meinen aufgestützten Ellenbogen. Auf keinen
Fall konnte ich über Nacht bleiben, wegen des schwarzen
Hinterteils. Wie hätte ich ihm erklären können, wofür mir
selbst die Worte fehlten.
Ich fuhr nach Hause. In mir hatte sich eine Stille ausge-
breitet, eine Totenstille. Kein Wort zeigte sich.
Diese Stille, man könnte fast sagen, daß ich mich ihr in
Demut gewidmet habe, dauerte lange Zeit.
Ich sah nicht mehr aus dem Fenster hinaus. Die grauen
Betonwände befanden sich in mir selbst. Durch das sich
mangels Pflege immer mehr zerrüttende Treppenhaus
stieg ich zweimal täglich hinab, in den verkommenen Hinterhof, dann über die Schwelle des schweren Hoftores mit
dem aufgebrochenen Schloß hinaus auf den Platz mit der
lärmigen, viel Zerstörung verbreitenden Baustelle des
abgerissenen Parkhauses, und zurück, die verwahrloste
Treppe wieder hinauf. Manchmal mußte ich mich am

Geländer geradezu hoch-ziehen, um die letzten Stufen zu schaffen, zu meistern... Um in mein Zuhause einzutreten, bückte ich schon gewohnheitsmäßig den Kopf, automatisch.

Und heute, Jahre sind vergangen, rückwärts lobt man die Zeit, kann ich es kaum ertragen, wenn das Lied von Charles Aznavour *La Bohème, la Bohème* durchs Radio krächzt. Dann möchte ich immer das kleine, taschenrechnergroße Radio nehmen und es wie eine Bombe Charles Aznavour vor die Füße werfen. Wie weit muß sich ein Star vom Künstlerleben entfernt haben, um so einen sentimentalen song zu singen. Da gibt es noch so ein Lied, in dem es heißt: „Ich wollte Künstler werden, aber leider ist ein Millionär aus mir geworden." Ach, wie schrecklich, das Mitleid schwemmt und schäumt nur so über die Reling. Da fehlt nur noch die Bemerkung: „Wir Reichen sehen das anders. Das ist eben der Unterschied." Und der Höhepunkt des Gipfels: „Wir Reichen haben es eben besser. Die Bohème, ach, wie amüsant, hoffentlich sehr farbig, nur keine Probleme, und alles kannst du werden, nur nicht bitter, bitte..., wo bleibt die gute Erziehung?" Und dann: „Ach, manchmal lege ich mich im Mantel schlafen, nur um zu wissen, wie das ist."

Da kannst du mal sehen, wie weit die *Experimente* gehen. Du mußt sie nicht machen, niemand zwingt dich, Künstler zu sein....

Die Zeit verläuft und bildet Ränder. Wer eben noch alles wissen wollte, hat plötzlich genug, genug, weil sich nichts Neues ergibt, und verirrt sich in unendlichen Wiederholungen. Weh dem, der ein Ziel hat. Ziele spiegeln sich. Aus den Erinnerungen wird etwas, daß der Erinnerung gleicht. So täuschen sich Vergangenheit und Zukunft in einem enormen, unendlichen Wirrwarr von Visionen. Wer hat eigentlich behauptet, daß man ein Ziel verfolgen kann? Das muß ja ein ausgesprochener Dummkopf gewesen sein!

Robert ist jetzt übrigens tot. Er hat einer Frau aufgeschlagene Flaschenhälse erst in die Kniee und dann in das Hinterteil gestoßen. Die konnte ihn gerade noch anzeigen. Er kam sofort in Untersuchungshaft. In der Gefängniszelle hat er sich erhängt.

La Concierge

Die Bedeutung einer Concierge, einer Hausmeisterin, hat
ihre Licht- und Schattenseiten. Aus der Sicht des Mieters.
Die Vorteile sind schnell beschrieben: Es gibt eine Person,
die alles regelt, die Post in Empfang nimmt und im Haus
verteilt. (Wenn man verreist ist, werden Briefe nicht
zurückgeschickt, sondern in behütenden Händen aufgeho-
ben, wie auch Pakete, die ankommen, wenn man tagsüber
abwesend ist.) Hat man seinen Schlüssel verloren, kann
man dort klingeln und mit dem Nachschlüssel der Concierge in die eigene Wohnung hinein gelangen. Das ist
sehr beruhigend. Handwerker werden angekündigt, und
vor allem sitzt dort jemand im Tor zum Hof als Pufferzone
zwischen dem Heim und der Außenwelt.
Außerdem putzt sie alles und weiß alles. Und trotz all der
Nützlichkeit kann die Concierge gefährlich werden.
Der verarmte Schah-Perser, mein Ex-Geliebter, hatte mich
angerufen. „Kann ich deinen Computer benutzen?" Da
funktioniert automatisch Nachbarschaftshilfe. Ich sagte
„ja", und gab ihm den Code für das schwere Eingangstor
zum Hinterhof. Die ganze Nacht über quälten mich Zweifel. Vielleicht kommt er gar nicht wegen des Com-
puters, sondern will sein Land doch zurückerobern. Hatte
er nicht beim letzten Treffen eindringlich angekündigt,
„irgendwann, wenn ich genug Geld habe, komme ich dich
holen, dann gehörst du mir..."
Ich rief am frühen Morgen bei ihm an. Da lief der Anrufbeantworter. Ich sagte, „Leider ist mein Computer kaputt
gegangen, ich werde unterwegs sein, zur Reparatur. Es
wird keinen Computerservice geben." Und wußte schon,
daß er trotzdem um 11 Uhr zur Stelle sein würde. Er hatte
den Code für die Haustür, um bis an meine Appartement-
tür vordringen zu können. Er weiß, daß ich zu einem

Mann gezogen, umgezogen bin. Einem Mann.

Einem anderen Mann.

Hatte ich nicht einen Moment lang überlegt, der Concierge Bescheid zu geben, daß da jemand kommt, den ich nicht sehen will? Aber nein, dachte ich. Es ist viel einfacher. Ich mache alles Licht aus, und tue so, als sei ich nicht da. Wenn er meine message auf dem Anrufbeantworter nicht abgehört hat, um so schlimmer für ihn. Da steht er dann eben vor einer verschlossenen Tür. Der Betrüger, der etwas ganz anderes will als einen Computerservice.

Dann rappelte und klingelte es an der Tür. Das Appartement ist ebenerdig zum Hof. Ich hatte mich ins Nebenzimmer verzogen, durch den Türspalt behielt ich den Überblick. Nach dem 5., 6. Klingeln wird er aufgeben, dachte ich. So würde ich es machen. Aber ich kenne ihn, den übermäßig Penetranten, von Vorwärtsideen mit geballter Kraft ausgestattet: jemand, der nicht bereit ist, Niederlagen hinzunehmen. Dazu ist sein Selbstbewußtsein zu empfindlich. Aber jeder hat seine Toleranzgrenze. Er wird aufgeben, wenn niemand aufmacht. Das ist jetzt nur eine Frage der Nerven, dachte ich. Ich fühlte seinen Druck aufs Ziel, das ich ihm aber mit aller Kraft verweigern wollte. Es gibt ja Theorien zu und *Glauben an* Energie. Ich setzte all meine Abwehrkraft bewußt ein. „Hau ab, gib auf, ich will dich nicht sehen. Du mußt das akzeptieren. Selbst, wenn du merkst, daß ich da bin, obwohl ich so tue, als sei ich es nicht, bist du verdammt noch mal verpflichtet, hinzunehmen, daß ich dich nicht sehen will. Hau endlich ab. Gib auf."

Stille kehrte ein. Ich atmete auf. Er hat alles kapiert! Aber so war es nicht. Das Telefon klingelte. Ich ging nicht ran. Auf dem Anrufbeantworter hörte ich seine Stimme. Penetrant wohlerzogen, *Madame*, und so weiter. Im Hinterhof hatte ich bereits die Geräusche der Aufregung verfolgen können.

Die Concierge. Eine kleine Frau aus Portugal, der das
stimmliche Ausleben angeboren ist. Dazu die Stimme des
persischen Mannes, beruhigend, faszinierend, geradezu
hypnotisch ruhig, rollend. Dieser Mann wird von dieser
Frau alles haben können. Sie ist Portugiesin und er Perser.
Da bestimmt der Mann.

Ich saß im 2. Raum des Appartements und dachte, was
geht mich all das an, was zwischen der portugiesischen
Frau und dem imposanten Ex-Perser vor sich geht. Laßt
mich alle in Ruhe! Ich will mein Buch lesen! Ich bin in
meiner Welt, und ihr könnt euch alle auf den Kopf stellen,
ich werde euch nicht herein lassen. Hier ist mein Raum!
Vielleicht hat der Perser meine Absage erhalten und will
sie nur nicht wahrhaben. Um so schlimmer für ihn. Ich
jedenfalls, und da könnt ihr euch alle zum zweiten und
dritten Mal auf den Kopf stellen, will niemanden sehen,
vor allem niemanden, der mich wer weiß entführen will.
Hier ist meine Welt, mein zu Hause, und ich werde eher
sterben, als die Tür öffnen.

Nach einer halben Stunde fühlte ich mich von der kraftauf-
wendigen Energieabwehrarbeit befreit. Ich las weiter in
meinem Buch, mit einer zarten, aufmerksamen Milde.

Da kam der zweite Angriff. Klingeln, Klopfen, Perserstim-
me, eindringlich, Portugiesenstimme, hoch koloriert. Plötzlich hörte ich die Stimme des Schlüssels.

Die Concierge wird diesem Kamasutra-Perser nicht die Tür
öffnen, mit dem Nachschlüssel, nein, das darf sie nicht!
Trotz des Nein-Schreies in mir begriff ich doch, vom
Nebenzimmer aus, die Tatsache. Ich bin ein nervöser
Mensch. Nervös und langsam zugleich. In Panik ließ ich
das Buch fallen. Was für seltsame Überlegungen rasten
durch meinen Kopf! Ich bin in einer Sackgasse, soviel ist
sicher. Ich kann nur noch ins Bad entkommen. Meine

Schuhe flogen auf den Teppich. Auf Zehenspitzen flog ich ins Bad. Dort riß ich den Bademantel vom Haken, warf mich fieberhaft hinein, obwohl ich vollständig angezogen war. Was sollte das nützen? Wenn sie mich im Bad finden, im Bademantel, dachte ich, dann erklären sie sich vielleicht, warum ich die Tür nicht geöffnet habe...

Ich hörte die Stimmen durchs Appartement schreiten. Wo ist sie? Sie, sie = ich! Mein Blick flimmerte wie bei einem gehetzten Wild wild umher. Das Bad hat keinen Ausgang. Es gibt nur noch eine Tür, die zum *placard*, dem Wandschrank. Ich zwängte mich hinein und hielt die sonst nie verschlossene Klapptür krampfhaft energisch von innen zu. Energie, Energie...Ich darf jetzt keine Energie mehr abgeben. Die Wünschelrutengänger sind unterwegs, um mich aufzuspüren. Für die muß der Schrank geradezu glühen! Ruhe, Ruhe! Ich zwang meinen Körper in Starre. Ich schloß die Augen, deckte die Lider über den flirrenden Fluchtblick, es war ja sowieso dunkel im Schrank. Der Puls muß runter, tief durchatmen, in jedem Schrank gibt es auch einen Rest Luft. Nur die Ohren, die Horcher, die konnte ich nicht abstellen:

Ich hörte die Stimmen an der Badezimmertür. Die portugiesische und eine andere, nicht die des Persers, nein, eine unbekannte, weiblich-französische: „Was ist denn hinter dieser Tür?" - „Das Bad." Die Badezimmertür wurde aufgestoßen. Die Stimmen drangen vor. „Und die Tür dort, was ist das für eine Tür?" - „Das ist der Wandschrank"...

Die Tür drückte sich auf mich, gegen mich, ich versuchte, dagegenzudrücken, die Tür von innen zuzuhalten. Ich stand im Dunkeln, zwischen Anzügen und Krawatten und Koffern. Im völlig unsinnigerweise über die Tageskleidung gestülpten Bademantel, ohne Schuhe. Ich bin verrückt geworden, dachte ich.

So, wie sie durch den Salon, ins Schlafzimmer, ins Bad bis

zum Placard durchgedrungen sind, eine Tür nach der anderen geöffnet haben, werden sie hier, in dieser Sackgasse, nicht rasten, bevor sie auch noch die Schranktür aufgekriegt haben. Wenn ich die Tür länger von innen zuhalte, wird alles nur noch schlimmer. Sie werden mich für wahnsinnig erklären müssen und mich einliefern.

Ich muß umdenken.

Ich stehe im Schrank, im Bademantel, und wenn ihr mich also absolut aufstöbern wollt, dann bitte, hier ist das Bild! Ich stieß die Schranktür von innen auf. Die portugiesische Concierge reckte den Hals, und ihr Mund stand ohne Sprache offen. Die 2. Person schrie auf. Nie werde ich den Schrei vergessen. Eine Französin, die sich dem schwarzen Humor englischer Krimis verschworen hat und deshalb, wer weiß schon seit Jahren, sehr begierig auf die Begegnung mit einem Gespenst gewartet hat.... Sie erschrak sich vor mir, als wäre ich zumindest aufgehängt.

Ich war aber keine baumelnde Leiche, zu der diese beiden Frauen Schritt für Schritt, von Raum zu Raum durchgedrungen waren.

Trotzdem gab ich schon ein seltsames Bild ab, das war mir klar.

Und ich formulierte Worte aus der Verzweiflung, voller Zweifel, ob sie auch verstanden würden.

Ich verneigte mich graziös, in meiner angewahnsinnten Tenue und sagte: „Ich wollte einfach nur nicht die Tür aufmachen"..., hätte hinzufügen können, „das ist doch mein gutes Recht, oder?" Aber die Situation war so zugespitzt, daß sie keinen Raum für Erklärungen ließ.

Die beiden Damen kapierten blitzschnell. „Wir sagen, Sie sind nicht da!" Aber das Kind der Concierge, mit dem modernen Namen *Kevin*, die Portugiesin kann das nicht aussprechen und sagt *Kihwien*, Kihwien raste in den Hof zurück und schrie lauthals: „Mais elle est là, elle est là, je

l'ai vue. (Sie ist da, sie ist da, ich hab sie gesehen!)"
Ohne Concierge wäre alles viel einfacher gewesen.
Man will jemanden nicht sehen, hat ihm abgesagt, und die
Concierge stöbert einen auf. Läßt sich von einem Perser
davon überzeugen, daß etwas passiert sein könnte, so als
ob eine gesunde Frau am Mittag Selbstmord machen würde. Und selbst wenn,- na und? - Das ist doch noch lange
keine Gefahr fürs *Immeuble*, das Haus, das sie zu hüten
hat.
Wenn man selbst Concierge wäre, sähe wahrscheinlich
alles anders aus.

Geduld

Paris ist eine schnelle Stadt. Die Métro kommt alle drei Minuten, die Post wird bis zu dreimal am Tag ausgetragen, die Durchschnittsgeschwindigkeit der Fußgänger ist rasch. Wie ein Hase rennt man im Zickzack um Hindernisse herum, weil es praktisch unmöglich ist, in der Enge, zwischen den vielen Menschen, abgestellten Motorrädern, Zeitungskiosksen oder Bettlern geradeaus zu gehen. Man spricht schnell, mit Vorliebe in Abkürzungen (manif für manifestation, appart für appartement, apéro für apéritiv, déca für einen Café ohne Coffein, intello für intellectuelle) und alle begreifen schnell. Besucht man zum zweiten Mal ein Restaurant, wird man bereits als Stammgast mit Handschlag begrüßt. Erstaunlich, wie sich die Pariser Ober offensichtlich jedes Gesicht einzeln merken können.

Die Stadt hat einen beschleunigten Puls, von dem Tempo kann einem schwindelig werden.

Deshalb erscheint es umso unverständlicher, wieso es in den Schlangen an Kassen, Postschaltern oder in der Reinigung so absolut langsam vorangeht. Warum dort die Zeit plötzlich stehen bleibt. Man tritt nervös auf dem Fleck, man kommt nicht weg. Franzosen lieben das Schlange stehen, eine andere Erklärung kann es nicht geben. In der Schlange wird plötzlich nicht mehr hastig nach vorn, sondern in die Breite gelebt. Gerade die Anonymität scheint eine besondere Chance für Sozialkontakte herzugeben. Franzosen stellen sich immer *zu dicht*, bis auf Tuchfühlung, heran. Das ist nicht jedem angenehm. Aber es ist so. Machen Sie sich darauf gefaßt. Berechnen Sie für alles, was normalerweise als lästige Nebentätigkeit angesehen wird, etwas, das man schnell hinter sich bringen möchte, wie eine Briefmarke oder einen Apfel bezahlen, mindestens eine gute halbe Stunde, die zählt und wiegt.

Versuchen Sie, die Situation mit der gleichen Aufmerksamkeit wie ein historisches Architekturbeispiel zu betrachten. Stellen Sie sich um von dem brodelnden Tempo auf die zähen Stolpersteine, auf das mühsame Vorankommen. Planen Sie die Wartezeit in den Schlangen ein, sonst werden Sie wahnsinnig.

Franzosen sind Meister der Geduld. Selbst im unerträglichsten Gedränge verlieren sie niemals die Nerven, inszenieren im Gegenteil gutgelaunt einen willkommenen Anlaß, sich zu amüsieren. Da lispelt ein älterer Herr der jungen Dame, deren hübsches Hinterteil unfreiwillig in seine Lendengegend gedrückt wird, scherzend ans Ohrläppchen: „Man wird sich hier noch anfreunden, glauben Sie nicht?" Und die junge Dame lacht. Die fremde Hose am Hintern ist ihr plötzlich nicht mehr lästig, weil die Bedrohlichkeit aus dem Weg geräumt ist. Die Nähe hat etwas angenehm Vertrauliches bekommen: Etwas Komplizenhaftes: Wir schaffen das schon! Und ist es denn wirklich unangenehm, einen Menschen zu berühren, der so nette Worte finden kann?

Im Schlachterladen wendet sich eine ältere Frau den schlangestehenden Mitmenschen zu, es fehlte nur, daß sie den Rock bis zum Knie lüpft, um einen Knicks zu machen. Sie lächelt in die Runde der geduldig Wartenden und sagt: „Moi, j'existe! (Ich existiere!)" Und alle nicken ihr freundlich zu.

Ausländer können sich wirklich nur ein Beispiel an dieser hohen Schule der Geduld nehmen.

Manche schaffen das nicht.

Am Postschalter stand ich hinter einem gut gekleideten Japaner mit Geschäftsköfferchen, aus dem er unzählige Unterlagen hervorholte. Er verlangte irgend etwas, wofür er einen besonderen Identitätsnachweis brauchte. Aber all die fein-säuberlichen aus dem seriösen Koffer gezogenen

Kopien reichten nicht aus. Der japanische Geschäftsmann
verlor die Nerven. „Das darf nicht wahr sein", schrie er die
Schalterbeamtin an, „Sie sind unfähig, Sie sind gar keine
Postbeamtin sondern eine billige Schlampe, und diese Post
ist ein Puff! Das lasse ich mir nicht gefallen!", wandte sich
in Rage gesteigert dem nächsten Möbel, einem schweren,
altmodischen Sky-Ledersessel mit Metallfüssen, zu, packte
das ganze Gewicht mit vor Wut gestählten Muskeln,
stemmte es hoch und schlug damit gegen die Panzerglas-
scheibe des Schalters.
Dahinter war es plötzlich ganz leer. Die Beamtin hatte sich
in Sicherheit gebracht. Ein erregter Japaner kann Karate-
Energie erzeugen. Ich stand genau daneben. Ich dachte 2
Sachen auf einmal. Nur nicht bewegen, und: - wenn er
jetzt aus Frust darüber, die Postschlampe nicht erschlagen
zu können, auf mich eintrümmert, dann bin ich eben
dran... Von Ferne hörte man eine männliche Beamtenstim-
me die Polizei rufen.
„Holt sie nur, die Polizei", schrie der völlig außer sich
geratene Japaner, „laßt sie alle kommen, ich mach' sie alle
fertig in diesem Bordell!", raffte seine Kopien zugleich mit
dem eleganten Aktenkoffer zusammen und verschwand,
als hätte er sich samt seinem distinguierten Anzug punkt-
um entmaterialisiert.
Die Schalterbeamtin kehrte zurück. Ein französischer Mit-
zeuge dieses Dramas schüttelte mitleidig den Kopf: „Und
da lobt man die asiatische Kultur wegen ihrer einmaligen,
großartigen Kunst der Selbstbeherrschung..."
Einmal war ich es, die den Betrieb am Postschalter aufhalten mußte, weil das Faxgerät blockiert war. Der Mann hinter mir, in der ständig wachsenden Schlange, hätte recht-
zeitig zum nächsten Schalter hinüberwechseln können.
Vielleicht hat er den Moment verpaßt, dachte ich, und
drehte mich mit einem Versuch von entschuldigendem

Lächeln achselzuckend um.

Er war schon alt, und sicher hat ihm das lange Stehen etwas ausgemacht. Aber, oh Wunder, er sagte: „Ich hätte den Schalter wechseln können, Madame, aber ich bevorzuge, hinter Ihnen stehen zu bleiben. Es ist mir eine Ehre, mich so nah in der Gesellschaft einer eleganten, liebenswürdigen Dame aufhalten zu dürfen. Ihr Anblick hat mich meine Ungeduld vergessen lassen! Und wenn ich nur genau wüßte, daß es noch eine zusätzliche viertel Stunde dauert, würde ich jetzt losgehen, um Ihnen Blumen zu kaufen."

Ich war ungeduldig und auf Ungeduld gefaßt. Und plötzlich, völlig unerwartet, hat sich Stress in Poesie verwandelt.

C'est ça, la France, la douce France. Die hohe Schule der Geduld.

Ein berühmter Mann

„Also, ich habe es jetzt satt, immer nur mit Kellnern und Taxifahrern zu flirten. Es wird Zeit, daß wir uns mal nach etwas Besserem umsehen!" Die Stimme meiner Freundin klang resolut und fest entschlossen. „Wo trifft man sich denn hier in Paris? Wir müssen mal irgendwo hingehen, wo die passenden Männer verkehren." Wo sollte das wohl sein, überlegte ich ernsthaft. Ich kenne nur Cafés, war noch nie in einer richtigen Nachtbar, und bin auch noch nie auf die Idee gekommen, an gepflegten Stellen allein auf die Jagd nach einem *passenden* Mann zu gehen. Wer sollte wohl zu mir passen? Aber die Freundin hatte schon recht. Wenn man als Freischaffende zu Hause arbeitet, fallen Sozialkontakte mit Personen der eigenen Welt aus. Jedenfalls in der Fremde. Und genau vor diesem Problem hatten mich alle gewarnt, als ich mich entschied, in Paris weiterzuleben. „In Deutschland hast du deine Freunde, und sogar eine richtige Biographie. Dort in Paris hast du nichts, bist du nichts!" Und ich muß zugeben, daß mir die Entscheidung nicht wirklich leicht gefallen ist. Mir war schon klar, daß es nicht einfach sein würde, mit 40 Jahren noch einmal bei Null anzufangen. Aber was soll man machen, wenn man sich verliebt hat? Und ausgerechnet in eine Stadt! Ich hätte das vorher auch nicht für möglich gehalten, daß man sich wirklich in eine Stadt verlieben kann.

Ein Künstler ist überall fremd. Dieses Grundgefühl ist für mich in dieser Stadt so angenehm gegenständlich, greifbar geworden, es hat Realität annehmen können. In Paris hat die Fremdheit das Traurige verloren, ist angefüllt mit aufregenden, spannenden Geschichten, in denen ich mich mehr zu Hause fühlen kann als irgendwo anders auf der Welt. Paris scheint der Bereich des Möglichen zu sein. Das

Unerfüllbare gehört zur Sehnsucht wie der Topf zum Deckel. Es ist gut, daß ich die Sprache nicht sicher verstehe, nicht sicher sein kann, ob ich selbst *richtig* verstanden werde. Der Bereich des Möglichen ist das schönste Land. Es gibt mir die ganze Weite der Fremdheit. Wie schön ist es, den freien Blick auf das Unerreichbare zu haben. Manchmal tippt man so eine Möglichkeit an, fast ungewollt, so wie der Grashalm das Bein streift und dabei seinen unzivilisierten Samen verliert, erschreckt fallen läßt, verschwendet, an ein Frauenbein, keine Biene. Das Frauenbein ist nur eine gegenständliche Erschütterung und keinesfalls im Sinne der Natur zur Fortpflanzung für Gräser gemacht. Die Phantasie feiert ein ausschweifendes Fest. Natürlich ist das ein einsames Fest. Das Frauenbein bekommt eine Allergie. Der Tanz findet innen statt. Innen gibt es keine Pickel. Außen bleibt alles ein Versteckspiel, und weh dem, der anfängt zu suchen, aufzuspüren, Geheimnisse zu enthüllen. Der Boden der Tatsachen ist rauh und häßlich. Ich möchte nicht die Frau sein, die sich kratzt, weil alles stört. Ich möchte nicht die Frau sein, die öffentlich ißt, so daß den anderen davon übel wird. Ich möchte eigentlich unwirklich sein. Ich habe Sehnsucht nach der Ruhe und der Weite der Fremdheit, ich möchte unberührbar sein. Und dann falle ich zurück in meinen Leib. Das Etwas aus Fleisch und Blut. Frauen haben andauernd mit Blut zu tun. Kaum bin ich meinem gegenständlichen Körper verpflichtet, muß ich schon nach der Befriedigung seiner Bedürfnisse suchen. Ist das nicht ein schwaches Bild? In der gegenständlichen, körperlichen Welt muß ich immer ein Ziel erreichen. Muß irgendwo hingelangen, was mir Mühe macht, mich abnutzt. In der weiten Ebene der Fremdheit gibt es keine widerwärtigen Hindernisse, ob die Sicht klar und weit oder neblig dicht ist. Es gibt kein *Muß* des Vorankommens, keine blauen

Flecke an Schienbeinen, keine Allergien am Dékolleté, keine Brandblasen am Raucherfinger. Keine Sehschwäche. Zahlen bewegen sich in ihren eigenen Formen. Wie hübsch eine 8 ist, und wie elegant die 2! Minus und Plus sind schöne Zeichen, weil sie so schlicht sind. Ja, ja, Produkte von Menschen, die keine Anstrengungen scheuten, Arbeit und Disziplin zu erfinden. Ich mag die Menschen. Wie oft habe ich versucht, mitzumachen. Mitzuspielen. Jedesmal hat sich herausgestellt, daß ich für das menschliche Leben zu dumm bin. Für die Natur bin ich zu dekadent. Ein schmeichelhaftes Wort für Schwäche. Kann das sein, daß ich nichts kann? Ja, ich glaube, ich kann Nichts. Das kann auch nicht jeder. Und deshalb bin ich einsam und deshalb, mit dem letzten Rest von Intelligenz, die der Gattung Mensch normalerweise als Pflicht auferlegt ist, versuche ich, dieses anstrengende Doppelleben zu bewerkstelligen. Intelligenz sehe ich nicht als Gegenteil von Dummheit. Für mich ist das nicht der goldene, sondern der silberne Schlüssel für den Bereich des Möglichen. Dort, in dieser geheimen Welt, kann ich mich an nichts stoßen. Das ist mein Begriff von Freiheit. Noch kann ich immer dorthin. Ich möchte das Spiel zwischen den Welten so lange wie möglich hinauszögern. Die Sehnsucht ist süß, trotz der Traurigkeit. Und *traurig bin ich sowieso*, ein Buchtitel, der nur von einer Frau stammen kann.

Die Freundin rief an. „Ich habe mich erkundigt. Wir sollten in einen Jazz-Club gehen, in St. Germain. Allerdings muß man Eintritt zahlen. Aber 100 Franken, das geht ja noch, das muß man als Investition betrachten." Und ich, finanziell völlig verarmt, erklärte mich einverstanden. Obwohl ich weiß, daß man so einen Betrag auf dem Gedankenkonto mehrmals verdoppeln muß. Sicherlich gibt die Mathematik auch für diese Art von Kostenrechnung einen Code her, vielleicht in Form von Integralen.

Ein Schulfreund ist Betriebswirt geworden und versicherte mir glaubhaft, die Geschäftswirklichkeit habe gezeigt, daß der einfache Dreisatz völlig ausreiche, alles, was man am Gymnasium darüber hinaus so mühevoll lernen mußte, sei nie zur Anwendung gekommen.

Ich habe in der Mathematik eigentlich nie das Praktische gesehen, sondern die Herausforderung, eine Lösung zu finden. Das Gleichheitszeichen hat mich immer unter Druck gesetzt... Die unbekannte Größe X in eine logische *ist gleich* Beziehung zu bringen, nicht *war* gleich oder *wird gleich sein*! Da konnte ich gar nicht aufhören, mit a und b und c, sinus und cosinus herumzuschieben. Am allerliebsten war mir der Limes sn, n gegen Unendlich. Der kam mir immer *für* und nicht *gegen* unendlich vor. Ach du liebe Güte... Kein Wunder, daß mir der Mathelehrer immer Strafarbeiten auferlegte: Aufgaben lösen, die im Lehrbuch ganze 2 Seiten weiter vorauslagen. Ich brauchte einen vollständigen Nachmittag, um die Lösung zu finden. Aber ich fand sie. Und der alte Mann, Mathematiklehrer waren in meiner Schulzeit immer alte Männer, setzte sich vor der ganzen Klasse auf seinen Lehrerstuhl hinter sein Lehrerpult, griff sich mit den allen Schülern vertrauten dicken Händen an die lederne hohe Stirn, die in eine wildbehaarte Endglatze führte. „Ich bin der Indertal", sagte er dann kopfschüttelnd. Und wir dachten an den Neandertaler. Das war kein boshafter Lehrer. Er hatte mich nur zum Spaß reinlegen wollen. Vielleicht aus Neugier, ob mein Spieltrieb ausreichte, das Gleichheitszeichen ernst zu nehmen. Und er hatte die Größe, die Nerven, meine Leistung anzuerkennen. „Ich bin der Indertal", wiederholte er, denn meine Lösung war nicht ganz konventionell. Ich hatte sie über die Halben und nicht über die Ganzen gefunden. Ausgesprochen logisch, aber über undidaktische Umwege. Über Eselsbrücken.

Ich machte also meine Rechnung für den Besuch im Jazz-Club auf: 100 Franken Eintritt + Taxi hin- und zurück + Tee im Café vorher, wo ich die Freundin treffen wollte, vor dem Angriff... Noch schlimmer die Kleiderfrage. Neue Strümpfe. Neue Schuhe? Ich kann mir doch nicht auch noch neue Schuhe kaufen, nur um passender vor passenden Männern auf dem Teppichboden herumwandeln zu können, nach all den Trottoirs, den Straßen, die ich zu Fuß durchschritten und hunderte von Sohlen durchgelatscht habe?

Geheimnisse soll man nicht enthüllen. Aber man kann gewisse Leute, Vertraute, einweihen. Meiner Freundin sagte ich nichts davon, daß ich sogar noch eine Lederjacke kaufte und eine Halskette. Oh je. Man hätte mir nie eine Kreditkarte geben dürfen.

Endlich kamen wir im Jazz Club an, für die 100 Franken Eintritt gab es einen Drink. (Wie großzügig!) Wir saßen auf einem dunkelroten Samtsofa und hörten den Jazz. Die Musiker mühten sich ab. Die arbeiten jetzt, dachte ich, und wir sollen das genießen. Der Künstler braucht den Konsumenten. Wenn er ihm gegenübersteht, muß er eine fürchterlich schwere Gleichung finden zwischen der Dienstleistung, die glatt herunterlaufen soll, und dem, was nicht direkt verstanden werden kann, was Unbehagen auslöst. Wenn man selbst Künstler ist, kommt man sich diesen Versuchen gegenüber schamvoll deplaciert vor. Man windet sich unter dem Verständnis, dem Erfassen dessen, was dieser und der und jener Musik-Künstler herzugeben imstande ist... und was der Konsument, Liebhaber der Kunst, annehmen kann, all das ist doch sehr zweifelhaft.

Ich sah den Musikern zu. Und weiß doch, daß Augen nicht das richtige Sinnesorgan sind, um Musik wahrzunehmen. Ich beobachtete eigentlich nur, wie die Musik-

Künstler ihre Kunst an ein Publikum abgeben, das ihnen eigentlich inkompetent erscheinen muß. Und wie sie doch auf Zustimmung des inkompetenten Publikums freudig reagieren.

Meine Freundin räkelte sich derweil im tiefroten Samtsofa, wie eine Diva mit Allüren. Dabei sah sie schön und reich aus. Reich an Weiblichkeit. Von den dichten blonden Haaren, über den sinnlichen Mund verführt sie den Blick des Betrachters zum Spaziergang über ihren Körper, läßt ihn langsam hinkriechen, leitet ihn, verleitet ihn, sich lasziv hinzuschleppen, über Busen und Bauch bis zu den zierlichen Füßen als vielversprechendes Ende wohlgeformter Beine. Und erst die Hüften! Da lagert es schwer. Dort wird das Verweilen gefährlich! Der große blonde Kopf, die großen Hüften! Die zarten Füßchen erleichtern und ermuntern die Sinne, so daß sie sich wieder in Lust finden und noch einmal oder mehrmals zurückwandern können, ach, wie gern haben es die Menschen, wenn ihnen der Atem geraubt wird.

Sie ist eine schöne Frau, dachte ich. Sie räkelt sich zu recht.

Dann schaute ich in die Runde des Publikums auf der Suche nach den passenden Männern. Wie soll ein passender Mann aussehen? Erste Bedingung ist, daß er *allein* sein muß. Aber wer geht schon allein in einen Jazz-Club? Meine Freundin und ich waren ja auch nicht *allein,* sondern zu zweit.

Aber da saß tatsächlich ein Einzelner, in einem einzelnen Publikumsstuhle vor der Bühne. Er war blond und trug ein rosa Hemd. Und beim zweiten Hinsehen bemerkte ich schon, daß er die Freundin und mich *in Betracht* gezogen hatte. Die Freundin räkelte sich immer pittoresker. Und ich dachte, dieser einzelne Mann wäre doch genau passend für sie.

Das ist jemand, der seinen Sessel ganz und gar ausfüllt. Die Arme besetzen die Lehnen, die Beine den Sitz. Außer der sich im Sofa räkelnden Freundin habe ich noch nie eine Frau gesehen, die ein Möbel wirklich *belegen* und vollständig ausfüllen kann. Frauen sitzen meistens anders als Männer. So, als wollten sie gleich wieder aufstehen. Sie sitzen auf den Möbeln wie auf Unterlagen, zu Besuch. Das einzige Möbel, in dem sie sich wirklich ausbreiten können, ist das Bett. Da wird die Unterlage zu Mutterboden. Dieser einzelne Mann saß also sehr männlich dominant in seinem Sessel. Seine Kopfhaltung hatte etwas trotzig Stures. Wenn ich blond wäre, würde ich dann ein rosa Hemd tragen? Höchstwahrscheinlich nicht. Es sah dermaßen frisch aus, frisch-gewaschen, frisch-gebügelt, daß man an einen kleinen Jungen denken mußte, den die Mama angezogen hat. Denn bekanntlich können Männer alles, aber sehr selten die eigenen Hemden bügeln. Und wieso trägt der kein Jackett?

Das ist bestimmt ein Amerikaner, dachte ich. Außer dem heiteren Nationalitäten-Raten spiele ich gern heimlich das Berufe-Raten. Er könnte Sanella-Repräsentant sein, jedenfalls ganz bestimmt ein Geschäftsmann, kein intellektueller Akademiker, dafür sieht er zu modern aus, zu unkonventionell. Er erinnert an Fortschritt und Zuwachsraten, nicht an depressive Kulturresümees. Aber, es könnte auch sein, daß er nur lässig tut und gar kein amerikanischer Sanella-Vertreter ist. Auf keinen Fall ist das ein Franzose, und auf keinen Fall ein Künstler (wie angenehm)! Sein Alter muß so zwischen 40 und 50 liegen.

Dann spielte sich das ab, was Teenager in der Eisdiele erleben.

Er setzte sich in der Künstler-Pause immer einen Sitz weiter zu uns heran, bis er schließlich neben mir auf dem tiefroten Sofa landete. Dabei tat er noch ganz abwesend.

Die sich immer lasziver räkelnde Freundin winkte mich majestätisch zu ihrem fernen blonden Kopf heran, um mir, fast vorwurfsvoll, ihre Beobachtungen mitzuteilen: „Also, der da, der ist doch wirklich das letzte. Jetzt hat er sich schon an dich herangerobbt. Also, solche Typen finde ich abgrundtief furchtbar. Mich graust es geradezu vor solchen Exemplaren. Außerdem hat er es offensichtlich auf *dich* abgesehen... Also, wenn du mit solchen Typen etwas anfangen kannst, dann werde aktiv! Wenn ich du wäre, würde ich jetzt einfach seinen Arm nehmen und den rosa Hemdsärmel noch weiter hochkrempeln!"

Sie schien wirklich entsetzt über *diesen Typen*, was mich sehr überrascht hat. Ich kam mir durch ihre Worte irgendwie degradiert vor. Degradiert zur Geschmacklosigkeit. Dabei hatte ich außer Beobachtung keinerlei Aktivität ins Spiel gebracht. Ich war mit ihr hergekommen, weil sie einen besseren Mann wollte. Und dieser war immerhin, für meine Begriffe jedenfalls, schon mal besser als ein Taxifahrer. „Nun warte es doch mal ab", flüsterte ich der Gnädigen zu, „das ist doch hochinteressant! Er will sich uns nähern. Wie wird er es anstellen, seinen Weg machen, wie wird er seinen langen Anlauf beenden? Ob er einem nun gefällt oder nicht, das ist spannend, laß ihn doch zeigen, wie er arbeitet!" Sie warf ihre blonde Mähne unwillig zurück in das perfekte Bild der Diva auf dem tiefroten Diwan, müde, kostbar müde.

Natürlich krempelte ich nicht an dem rosa Ärmel des fremden Mannes herum. Als ich die nächste Zigarette nahm, gab er mir Feuer. Und da soll noch einer behaupten, daß Rauchen schädlich ist!

„Kommen Sie öfter her?" fragte er. Das hast du gut gemacht, dachte ich. Du hast dich herangerobbt, und nun stellst du eine unverfängliche, geradezu wohlerzogene Frage. Es war mir völlig unverständlich, warum die Freun-

din, auf ihrer Suche nach etwas Besserem, so absolut fern-
sehnlich abwesend in der Räkelposition verharrte.
Ich weiß nicht mehr, was ich geantwortet habe. Er hatte
die Eröffnung für ein Gespräch inszeniert und wollte
natürlich, daß die laszive Freundin daran teilnimmt.
Unwillig, fast angeekelt, wand, räkelte sie sich der
Kommunikation zu. Ich fühlte einen kleinen Erfolg.
„Was tun Sie im Leben", fragte sie ihn sofort und gereizt,
von vornherein genervt. „Ich bin Bankier und Kunstsammler", antwortete er. „Ach, das ist interessant!" Die Müdigkeit war verflogen. Machte hellwacher Aufmerksamkeit
Platz. Sie sagte einige Worte über ihre Tätigkeiten, so
kompliziert verschlüsselt, daß die Information gleich Null
blieb, ließ aber *en passant* berühmte Namen fallen, und
diese Namen kannte der Bankier und Kunstsammler alle
persönlich. Sie rückte immer näher heran, diesmal war sie
es, die sich robbte: „Das ist ja hochinterressant, was für ein
Zufall! Wenige Menschen kennen die berühmten Leute
persönlich."
Und ich dachte zufrieden: „Siehst du, ich hab doch recht
gehabt, man muß nur abwarten. Und die Erscheinungsform einer Chance ist nicht immer so, wie man sie sich
ausmalt. Man soll einen Menschen nicht auf sein rosa
Hemd reduzieren. Wahrnehmung muß komplexer sein,
wenn man etwas wahrnehmen will. „Auf der Suche nach
dem Besseren verliert man leicht die Wertschätzung des
Guten..."
Zum Schluß, nach all den ausgetauschten berühmten
Namen, kam ich dran, rückte eher zurückhaltend damit
heraus, daß ich Künstlerin bin.
„Können Sie denn davon leben?" fragte mich der blonde,
rosahemdsärmelige *passende* Mann, der von sich selbst
behauptete, Kunstsammler zu sein. „Auf diese Frage werde
ich nicht antworten", sagte ich. Und es ist wahr, ich habe

diese immer wiederkehrende Frage satt, satt wie nur irgendwas. Sie trifft meinen empfindlichsten Nerv. Von der Kunst kann ich nicht leben und doch lebe ich von der Kunst. Die Kunst ist eine Frau, der Erfolg ein Mann. Für den Erfolg bin ich offensichtlich zu wenig homosexuell und für die Kunst vielleicht nicht lesbisch genug. Kunst und Erfolg sind für mich das sich ewig mißgünstig streitende Elternpaar. Künstler können kein Geld verdienen, sie müssen es *auftreiben.*

Auf dem tiefroten Samtsofa im teuren Jazz-Club, zwischen der kostbar-müden Sinnlichkeit der Freundin, die sich in (lieblich-süße) Aufmerksamkeit verwandelt hatte, und den rosa Ärmeln des etwas angeberischen Bankiers sagte ich, daß ich diese Frage indiskret fände. Was soll das heißen, bedeuten, ob ein Künstler von seiner Kunst leben kann? Um alles dennoch ins Positive zu drehen, (schließlich befand ich mich in einem eleganten Jazz-Club mit Schummerlicht und nicht auf der Anklagebank), fügte ich möglichst graziös und ein wenig kokett das hinzu, was auch der Wahrheit entspricht, was mir aber noch nie so klar formuliert in den Sinn gekommen war: „Ich weiß nie, ob ich arm oder reich bin." Ich weiß nur, daß Reichtum viele Formen haben kann. Kinderreichtum kann zu Armut führen. Viel Arbeit macht wenige reich. Richtigen Reichtum muß man erben. „Ich frage doch auch nicht jeden neuen Bekannten danach, wieviel er verdient!"

„Mich können Sie das immer fragen", antwortete der Bankier protzig stolz. Ich fragte ihn nicht. Die Freundin wurde immer wacher. Der rosa Bankier und sie tasteten weiter die gemeinsamen, berühmten Bekannten ab. Ja, der und die, die waren doch, ach ja, nein, es war dort, ach, was für ein Zufall! Sie sehen das von der Seite, ich weiß noch mehr, so können Sie Ihrer bisherigen Einschätzung einen neuen Aspekt hinzufügen... Ganz berühmte Leute ... „Das

ist ja interessant! Das ist ja hochinteressant!" -
Wir gingen mit dem kostbaren Bankier, die Investition hatte sich doch offensichtlich gelohnt, in ein Nachtcafé.
Die verführerische Freundin verschwand aufs Klo. Kaum war ich mit dem Bankier allein, fragte er: „Wollen Sie nicht mit zu mir kommen, ich wohne gleich um die Ecke im Hotel XXX!"
Aber ich fühlte mich so rein, in meiner neuen Lederjacke und der hübschen Kette um den Hals. Nein, ich wollte diesmal nicht das leichte Mädchen, die kokette, selbstbewußte *putain* spielen. Ein Bankier, ein Kunstsammler, einer, der *passend* für mich ist? Ich mußte mich zieren. Ich konnte mich nicht räkeln. Ich saß zu Besuch in den Möbeln der *besseren Welt*.
Die Freundin kam vom Klo zurück. Dann wurden Telefonnummern ausgetauscht und ein Taxi gesucht.
Um 4 Uhr morgens erreichte ich meine Mansarde. Ich konnte nicht schlafen. Ich grübelte über die Gleichung nach, die vor mir lag. Die unbekannten Größe X nahm immer wieder die Gestalt des rosa Bankiers an, der auch noch Kunstsammler war, und verwandelte sich dann sogar in X-Quadrat, die Potenzzahl.
Das ist der Mann meines Lebens, dämmerte es mir im Morgengrauen. Sollte ich wirklich noch einmal eine Chance bekommen, aus dem inneren Dunkel heraus ins das Tageslichtleben eintreten zu können? Was kostet der Eintritt? Vielleicht kostet er nichts? Wenn das *Glück* vom Himmel fällt, muß man es auffangen! Warum bin ich zu steif gewesen, mit ihm ins Hotel zu gehen? Vielleicht war es die neue Lederjacke, die mich *zu fein* für *sowas* gemacht hat. Was für ein Unsinn!
Er hat meine Telefon-Nummer, gut. Aber er ist zu Besuch in Paris und wird morgen, bei Tageslicht, seinen rosablonden Glanz auf den Boulevards zur Schau stellen wol-

len, alles aufnehmen, was sich ihm bietet, sammeln. Meine neue Lederjacke ist ihm sicher ganz normal und banal vorgekommen. Und ich bin nicht besonders hübsch. Wohl schon etwas, aber nicht besonders. Warum hat er mir den Vorzug vor der königlichen Freundin gegeben? Auf jeden Fall habe ich ihn sicher nicht so sehr beeindruckt, daß er mich anruft, trotz der Telefon-Nummer. Nein, nein, er wird mich nicht anrufen. Er wird die zahlreichen Verführungen der Stadt den zweifelhaften Qualitäten einer einzelnen, verklemmten Brünette vorziehen! So was wie mich kann er überall haben....

Vor 4 Jahren lag ich in demselben Bett, in der selben Mansarde und grübelte über die verpaßte Chance mit dem Schuhhändler aus Nîmes. Diese Chance ist besser, dachte ich. Und ich werde nicht abwarten, will nicht zusehen, wie sich dieses Ereignis in ein schönes Erinnerungsstück verwandelt. Hier soll es ein Stück Zukunft geben. Ich will tun, was ich kann, damit sich der verpaßte Moment nicht zum Abschlußpunkt rundet.

Inzwischen hatte sich das Tageslicht voll entfaltet. Ich saß bei mehreren Milchkaffees an meiner Bar. Neben dem Telefon. Aber es klingelte nicht. Natürlich nicht. Ich wußte das doch. Wenn es weiter gehen soll, wenn es eine Handlung nach dem Punkt geben soll, wenn ich es so will, dann muß ich jetzt etwas unternehmen und nicht abwarten.

Aus dem Telefonbuch suchte ich die Nummer seines Hotels heraus. Die Privatnummer von zu Hause nützte mir ja nichts. In diesem Moment war er noch hier, ganz nah, in Paris.

„Monsieur X ist ausgegangen. Wollen Sie eine Nachricht hinterlassen?" Nein. Nicht so. Ich nahm einen Bogen Papier und schrieb einen Brief. Nein, nicht einen, ungefähr 10. Dann konnte ich aus jedem Versuch einen Satz

herausnehmen und puzzelte in etwa Folgendes zusammen: Daß es mir im Nachherein leid täte, sein Angebot
abgelehnt zu haben, die Morgendämmerung, die Stunde
zwischen Wolf und Hund (so hatte er sich ausgedrückt)
mit ihm zusammen zu verbringen: Daß ich vielleicht eher
bei ihm geblieben wäre, wenn er Taxi-Fahrer sei. Und
dann hatte ich noch einen, wie ich meinte, sehr gelungenen Satz über Logik und Weiblichkeit, das Zeitalter des
Post-Feminismus, und schenkte ihm meine persönliche
Herleitung des Begriffs *neuro*-logisch. All das setzte ich
fein am Computer und druckte es auf blauem Papier aus.
Die Worte nahmen nicht mehr als eine viertel Seite ein,
Männer lieben es, wenn Frauen sich kurz fassen können.
Le petit bleu, die kleine blaue Visitenkarte, bildet einen
Begriff aus der galanten Zeit. Männer gaben sie nicht nur
in Theatergarderoben sondern auch in Salons ab, um der
Dame ihres Herzens ein Zeichen zu geben.
Ich packte mein *petit bleu* in einen Umschlag und machte
mich auf den Weg zum Hotel. Da war es! Es kam mir
fremd und feindlich vor wie eine Burg. Ich muß da hinein
gehen und mein Petit Bleu ganz selbstverständlich souverän an der Rezeption abgeben! Ich kann nicht! Ich kann
nicht selbstverständlich in diese *bessere Welt* eintreten. Ich
verwandelte mich vollständig in eine Katze, strich mehrmals um den Häuserblock im Quadrat herum, achtete
nicht auf Schaufenster, Autos oder gar Menschen. Der
Brief brannte in meiner Umhängetasche. Ich muß es tun.
Dachte ich. Ich, ich muß jetzt da hineingehen. Ich werde
mich nicht auskennen. Trotzdem werde ich den Weg und
die Worte finden. Ist das denn so schwer, einen Brief
abzugeben? Am Flughafen findet man sich zurecht, fliegt
wer weiß wo hin, und hier, die paar Schritte zu Fuß, nur
bis zur Rezeption, sollen nicht zu schaffen sein? Das ist
doch *neuro*-logisch.

Na gut, wie auch immer, dachte ich. Und: Man muß nur
WOLLEN.

Ich trat ein und gab den Brief ab. Ganz normal. Und rann-
te nach Hause, nicht ganz normal.

Ach, wenn es doch schon dunkel wäre! Bei Tag hat man
immer das Gefühl, sich selbst zu betrügen, wenn man die
Decke über den Kopf zieht. Was habe ich getan! Ich habe
einen unerhörten Aufwand getrieben. Solcher Aufwand
sollte nur für meine Kunst reserviert sein. Kein Mensch,
auch kein rosa Bankier und Kunstsammler kann auf solchen Aufwand *adäquat* reagieren. Verdirbt man sich alle
Zukunft durch *Nichts-Tun*, so verdirbt man sie sich noch
viel mehr durch *Tun*. Denn das Tun trägt immer eine
Hoffnung in sich. Ich liebe Hoffnung. Das ist ein schönes,
junges Gefühl. Aber es hat noch keine Hoffnung gegeben,
die nicht enttäuscht worden ist. Man sollte wirklich alle
Gefühle in Mathematik investieren. In das Gleichheitszeichen, in links und rechts vom Gleichheitszeichen. Das
Unbekannte Zeile für Zeile immer mehr eliminieren, isolie-
ren, bis es ganz allein steht, auf der einen Seite, und alles,
was wir wissen, steht auf der anderen. Und dann wissen
wir endlich, was das Unbekannte ist: Die Summe von
allem, was wir wissen! Ist das nicht komisch? Seltsam!
Nein, gewaltig! Man braucht schon viel Boden unter den
Füßen, um das auszuhalten. Die unbekannte Größe bin
ich selbst. Und die Gleichung des Lebens ist, daß nicht
nur ich, sondern auch alle anderen mich aushalten
müssen.

Die Kunst drückt das anders aus. *Jeder Mensch ist eine ver-
lorene Form.* Da spricht der Bildhauer. Der Mensch als
Modell, aus wiederverwendbarem Urmaterial geformt. Das
Modell wird mit einem Negativ ummantelt. Das Negativ
wird vom Material abgenommen. Das ist die Form für den
Guß. Während das Material in der Kiste landet, frei für

neue Modelle, wird das Negativ ausgegossen, und dann
vom Guß abgeschlagen. Es zersplittert in tausend Stücke,
um den Guß frei zugeben. Der kann sich nicht mehr verwandeln. Er ist einfach da. Wenn ein Arm abbricht, kannst
du ihn wieder ankleben, aber es gibt keinen neuen. Du
kannst die Gestalt blau oder rot anmalen. Aber das wird
die Haltung nicht verändern. Ein hochangesetzter Kopf
kann sich nicht plötzlich neigen. Weder plötzlich noch
langsam. Ein überschlagenes Bein wird sich nicht sprei-
zen, ein offenes Auge kann noch nicht einmal zwinkern.
Ist das nicht furchtbar?
Vielleicht bin ich immer nur Material gewesen. Nie Guß
geworden. Habe nie die Ehre einer verloren Form gehabt.
Mein Leben war nicht immer schön, aber ich habe es
immer geliebt. Sehr. Und manchmal denke ich, daß auch
mein Tod nicht furchtbar sein wird. Vielleicht gelingt es
mir eines Tages, die Chance zum Tod genauso zu ergreifen, wie die zum Leben...
Plötzlich klingelte das Telefon. Es war der Bankier. Er hatte mein Petit Bleu erhalten. Er lud mich zum Abendessen
ein!
Ich warf den Hörer weg! Ich warf mich auf mein Feldbett
unter der schrägen Wand. Ich zog mir die Decke über den
Kopf. Weg von dem Tageslicht! Ab ins Dunkel, freie Fahrt
für Träume. Ich bin keine verlorene Form, dachte ich, ich
kann die Beine anwinkeln, die Augen schließen, und mein
Herz klopft unter den Lidern. Unter meiner zugedeckten
Schädeldecke formten sich Gedanken, Pläne: Ich werde
nicht die neue Lederjacke anziehen, keine Kleidung, die
mich an der Hingabe hindern soll. Ich werde in Zivil, im
Räuberzivil antreten für die *bessere* Zukunft.
Im Café erkannte ich ihn erst nicht wieder. Meine Phanta
sie hatte an seiner Erscheinungsform zuviel herumgemo-
delt. Der Maler in mir hatte seine blonden Haare etwas

dunkler getuscht, sein frischgestärktes rosa Hemd mit technisch einwandfreiem Faltenwurf in Stofflichkeit verwandelt. Meine Bildhauerhände hatten die Nase etwas in die Länge gezogen und dem breiten Kopf links und rechts einen kleinen Schlag versetzt, um ihn zu strecken, mit mutigem Griff an den Halswirbel die störrische Sturheit der Kopfhaltung zur *Neigung* gebracht. So, als könnte ein erwachsener, fremder Mensch *Zuneigung* entwickeln... Da saß er aber, völlig unberührt von meiner kosmetischen Phantasie...Und er erkannte mich sofort. Wie sehe ich für ihn aus? Wie eine 4 oder wie eine 3? Sicher ist es überholt, einen Bankier mit der Wahrnehmung von einfachen Zahlen in Verbindung zu bringen. Besonders, wenn er Kunstsammler ist. Ich jedenfalls freute mich darüber, daß er so unverändert da saß. Glücklicherweise hat die Phantasie nicht genug Kraft, einen Menschen wirklich zu verändern. Das macht die Realität aus und macht sie so verläßlich. Innen kann ja alles durcheinander gehen. Große Worte können dort bescheiden vor sich hinkriechen, es gibt ganze Seen aus Herzblut, soviel Blut gibt es gar nicht aus einem einzigen Herzen, Haut kann die Dicke eines Reitpferdsattels annehmen oder die Zartheit eines Duftes. Mal sind die Augen blau, mal rot, mal neblig undefinierbar. Wie sollte man sich da orientieren können? Wenn man dem eigenen Paß-Foto nicht mehr gleicht? Dann findet niemand mehr den Weg zur U-Bahn, keiner kann mehr nach Hause. Alle Betten und Bettdecken bleiben unbenutzt, verschimmeln in einer anderen Welt, in der es keinen Schlaf, kein Ausruhen gibt...

„Vielen Dank für dein Fax", sagte der Bankier. Fax heißt vielleicht Fern-Antwort-X, dachte ich, ein Fax habe ich im herkömmlich technischen Sinne nicht geschickt. Mein Brief war zwar am Computer ausgedruckt, aber doch ein handgemachtes, persönlich hingetragenes Petit Bleu. Einer olympischen Flamme ähnlicher als jedem elektronischen Spielzeugprodukt.

Ich setzte mich ihm gegenüber zu Besuch auf den Stuhl, nickte mit dem Kopf und dachte an die Nacht, die ich mit ihm verbringen würde.

Über den Umweg durch ein sehr elegantes Restaurant, für das ich (in meinem Räuberzivil) viel zu schlecht angezogen war, erreichten wir sein Hotelzimmer. Ich ging mit ihm an derselben Rezeption vorüber, an der ich morgens den Brief abgegeben hatte.

Das Zimmer war schön und großzügig. Es gab ein graues Sofa. Wir setzten uns dorthin. Er stand wieder auf, holte Schokolade und Whisky. Artig nahm ich von beidem. Auf dem grauen Sofa fing *es* an zu dampfen. Das *es* ist die nicht gesprochene Sprache, die nicht gezählten Zahlen, da fangen die Stoffe an zu sprechen. Erst die Kleiderstoffe, und dann verwandeln sie sich in Einwickelpapier.

Plötzlich ist da ein Kind zu Weihnachten und packt Geschenke aus. Wie sehr gehört zu einem schönen Geschenk eine schöne Verpackung!

Noch blind für den Inhalt erforscht man Formen! Die Erwartung wird immer größer, der Sinn immer feiner, und das Allerfeinste bekommt die größte Macht. So kommt dann der Faden der Ariadne zustande, der in diesem Fall den rosa Bankier und mich in sein Hotelzimmer-Bett leitete, durch alle unbeschreiblichen Labyrinthe der außer sich geratenen Realität.

Vielleicht sah der Bankier jetzt eine wohlgeformte Acht vor sich im Bett liegen. Mein künstlerisches Auge sah nur etwas Abstraktes. Nichts Blondes, nichts Starrköpfiges, keine kurzen oder langen Beine, nichts Grünes, nichts Braunes, nichts Rotes. Vielleicht von allem etwas, und insgesamt nicht wenig, sondern viel. Das angefüllte Viel machte sich über mich her. Und das, was von meinem längst aufgelösten, lächerlichen Ich übriggeblieben war, fügte sich auf die eine Seite des Gleichheitszeichens. Es kam mir besonders fein, wie mit Lineal und Rothring-fineliner parallel gezogene Striche vor. Ich liebe den Film, in dem ich lebe!

„Du kannst alles von mir haben", dachte ich. Wahrscheinlich sagte ich das sogar laut, denn in den seltenen Gleichheitszeichen-Momenten ist das Doppelleben zwischen Innen und Außen aufgelöst. Da kann man plötzlich Mathematik und Poesie, Abstraktes und diffus Geträumtes in einem einzigen Punkt zusammenfassen. In der Mathematik gibt es den Punkt nur als Mittelpunkt. - Nein, jetzt keine Fehler machen! Es gibt auch Endpunkte. Aber die beinhalten immer die Funktion von Ausgangspunkten. Sprachlich ist der Punkt ein Anhaltspunkt. Zum Atem holen. Ein Strukturpunkt.

In der Gleichung zwischen dem Bankier und mir gab es einen Punkt, der einem Ball glich, nicht so groß und platt wie der Mond, eher wie ein kleiner flinker Stern, der sich über den Endwall Limes sn und über jede lineare Sprachlichkeit hinweg in Eigenenergie selbständig auf- und davonmachte. *Unsere* Gleichung hat dem Universum einen neuen Kometen beschert! Da saust er jetzt herum, im All, und vielleicht fällt er eines Tages im Sturzflug herab – auf dich!

Am Morgen danach versuchte ich, den Faden der Ariadne zurück zu verfolgen, um meine Ohrringe wiederzufinden. An jeder Ecke des Labyrinths lag ein Kleidungsstück. Ohrringe liegen meistens auf dem Kaminsims. Dort waren sie aber nicht, dort lag nur das Bargeld des Bankiers, und das war nicht wenig. Ich suchte weiter. Der Bankier verfolgte alle meine Schritte, aus dem Bad.

Plötzlich wurde mir klar, daß er mich verdächtigte, gespannt darauf war, ob ich ihn tatsächlich ausrauben

wollte. Er hatte sich mutig auf ein Abenteuer mit mir eingelassen. Eine Brünette, die es sonst mit Taxifahrern treibt.
Eine dekadente Zigeunerin? Was macht sie da, wonach
sucht sie? Wird sie das Geld einstecken und verschwinden,
während ich in der Wanne sitze?...(das ist ja hochinteressant..)
Ich spürte all das Mißtrauen. Unser Komet aus der Nacht
war längst auf- und davon geflogen.
So ist das, wenn man sich mit Fremden einläßt. Ich hätte
durchaus all sein Geld nehmen und abhauen können.
Vielleicht wäre ihm das sogar lieb gewesen. Und schließlich war ich in Räuberzivil angetreten. Der Kunstsammler,
dem ich nicht zeigen kann, daß ich Künstlerin bin, der
mich nur als banale Brünette sieht, die wer weiß, sein Bargeld klaut? Oh nein, es ist nicht leicht, die *bessere Welt*
herzustellen, wenn man nicht die Mentalität einer poten-
ten, vitalen Zigeunerin hat. Um so schlimmer für mich.
Schließlich fand ich meine falschen Brillantohrringe. Der
Bankier kam aus dem Bad und sah sein Bargeld
unberührt. Er mußte jetzt packen. Für die Abreise. Er
schaute mich an. Unter dem blonden Schopf richteten sich
seine Augen auf mich. Er freut sich darüber, daß ich ihn
nicht ausgeraubt habe, dachte ich. Aber vielleicht bedauert
er, daß ich in Wirklichkeit kein *richtiges Abenteuer* war.
Er nahm seinen Mantel, der war lindgrün (lindgrün paßt
zu blond genausowenig wie rosa!) und legte ihn auf den
Teppich vor dem grauen Sofa, rollte ihn systematisch
zusammen und steckte ihn in die Reisetasche. Obenauf
legte er die Whisky-Flasche. „Wir haben gestern abend
den Deckel nicht richtig verschlossen. Ob der jetzt
schlecht ist, verdorben, was meinst du?" fragte er.
Ich kenne mich mit Whisky nicht aus. Ich sagte trotzdem:
„Aber nein, niemals!" Und dachte noch einmal an unseren
Kometen aus der letzten Nacht. Jetzt packst du da deine

Sachen zusammen und hast es doch auch schön gehabt,
nicht wahr? Und jetzt werden wir wieder an der Rezeption
vorbeigehen. Du wirst die Rechnung bezahlen, und alle
werden anerkennen, daß du mal wieder eine Frau dabei
hattest. Du wirst all das Bargeld vom Kaminsims als Trinkgeld auf den Tresen legen....

    Und der Komet? Auf uns, (seine Eltern), wird er wohl
nicht wieder herabfallen....

Fortsetzung folgt!
Oder auch nicht. Vielleicht ist dies das notwendige Ende...

Dagmar Fedderke, aufgewachsen in Norddeutschland, lebt in Paris. Studium Psychologie, dann Kunst an der Hochschule für Bildende Künste Hamburg, später Computerstudium, seitdem Computerkunst. Ausstellungen und Ausstellungsbeteiligungen u.a.: Eva und die Zukunft, Hamburger Kunsthalle 1986 – Computer Painted Photographs, Hess.Landesmuseum Darmstadt 1989, Goetheinstitut Paris 1990, Staatsgalerie, Bratislawan Tschechoslowakei, 1992. Wandmalereien in Hamburg, Bühnenbild für Gripstheater Berlin, diverse Förderungen u.Stipendien für Computeranimation, Arbeit als Buchgestalterin. Buchpublikationen: Die Geschichte mit A., Roman, 1993; Pissing in Paris, Erzählungen, 1994.

Die Geschichte mit A.

Roman, gebunden mit transparentem Schutzumschlag,
DM 29,80

Eine Frau gibt sich hin an eine Liebe in Paris, der erotische Zauber dieser Stadt spiegelt sich in einem Mann, und die gesamte Geschichte ließe sich von bösartigen Zungen auch als Unterwerfung bezeichnen. Aber – wie in der klassischen „Geschichte der O." – das ist es nicht, wenn eine Frau sich ausliefert: an die Lust, an ihre eigene unbeherrschte Lust, an einen Geliebten. Erotisch passiert nahezu „alles", Gratwanderung der Intimität, die immer auf der Kippe steht zwischen höchster Lust und Grausamkeit. Ein selten erregender Sog packt beim Lesen, ein Sog, der vielleicht nur damit zu begründen ist, daß diese extreme „Liebesgeschichte" fast beiläufig erzählt wird... „Das Kühle, Schwebende ihrer Sprache hat mich immer wieder an die Architektur der Halles, der Bahnhöfe, des Montparnasse, der Passagen, des Centre Pompidou erinnert. All diese Bauwerke, in denen es kein klares Innen und Außen gibt, in denen die Tauben zwischen den Kaffeetischen und

Lampen herumkurven. Metall, Milchglas, halb opak, halb transparent, wie der Umschlag des Buches. „Je ne sais pas", Orte, die weder öffentlich noch privat sind, Orte des Verkehrs und Verkaufs, Orte in denen das Fremde nah und das Nahe fremd wird...Die Intensität dieses Buches beruht gerade auf dem Wissen, daß die Intensität einen Begriff von Liebe verlassen hat, der langsam Geschichte wird..."(Sivia Henke, Manuskripte) „...(Dagmar Fedderkes Text hat) den Atem von etwas Existentiellem, das anderenorts verloren scheint..."(Berner Zeitung) „Die Stadt und der Mann verschmelzen auf der Haut zu einem einzigen Gefühl der Lust...der Reiz des Romans ist auch ein Wechsel von Gefühl und Vernunft, von Distanzierung und Identifikation... da sieht jemand mit großem Erstaunen und Stolz auf die eigene Risikobereitschaft, mit Verständnis und Entrüstung, die, wenn auch gebrochen, nicht ohne schamvollen Ernst ist. Mit diesem Frauenporno hat die Autorin nicht nur Mut sondern auch großes literarisches Talent gezeigt, die Fähigkeit bei der Beschreibung sexueller Vorgänge der Lächerlichkeit zu entgehen durch eine romantische Ironie..."(Wochenpost)

Pissing in Paris
Miniatur-Erzählungen mit Fotografien von Baxter,
Broschur, DM 15,-
Zauberhafte kleine Erzählungen aus dem Alltag. „Pissing in Paris" bedeutet jedesmal eine Überraschung, nicht daß Sie denken, es ginge um verworfene sexuelle Abenteuer, nein es geht um scheinbar Banaleres, um seltsame Wege, Begegnungen und Örtchen...knapp & komisch.
„Die Autorin beschreibt kunstvoll erstaunliche, aber auch schr bizarre Erlebnisse, die sie auf ihrer Toilettenrundreise durch Designerkneipen, Szenebars und Feinschmeckerrestaurants gesammelt hat." (Frankfurter Rundschau)